SONNTAG

Endlich nicht mehr ALLEIN unter Männern

Meine drei Brüder, Papi, Opa Lila und ich saßen im Wintergarten am Esstisch und genossen ein ausgiebiges Sonntagsfrühstück. Papi wirkte irgendwie abgelenkt. Er tat ganz geheimnisvoll, zwinkerte uns zu und murmelte etwas von einer Überraschung. Schließlich zog er einen Brief aus der Brusttasche und las ihn vor:
„Dear Mr Klapdor, The au pair **agency** gave me your address. Thank you so much **for hiring me**. My name is Chris Gerrick, I'm 19 years old and I've just finished school. I'm very much looking forward to spending six months in your lovely town with you and your family. My bags are already packed, and I can't wait to come. **Best regards**, Chris." Papi sah auf. „Na, was sagt ihr?"

> **agency** Agentur
> **for hiring me** dass Sie mich engagiert haben
> **Best regards** Herzliche Grüße *(am Briefende)*

„Ich hab die Hälfte nicht verstanden", maulte mein siebenjähriger Bruder Ronny. „Wir kriegen Besuch, der ziemlich lange bleibt", erklärte Sven, der drei Jahre älter ist als Ronny, und dreimal so klug. Behauptet er.
„Nein, nicht Besuch", sagte Papi. „Chris ist ab morgen unser Au-pair-Mädchen."
„Wozu brauchen wir ein Opern-Mädchen?", fragte Ronny. „Schlimm genug, dass Mami dauernd singt."
„Es heißt Oh-peer-Mädchen", korrigierte Sven.

„Genau. Ist das nicht toll? Chris wird sich um euch kümmern und euch versorgen, putzen, kochen, alles. Super, was?" Papi strahlte uns erwartungsvoll an.
Ich war die Einzige, die zurückstrahlte. Seit zwei Wochen war ich die einzige Frau im Haus. So konnte es nicht weitergehen, ich brauchte dringend weibliche Verstärkung.
„Kann diese Chris auch Spagetti kochen?", fragte Opa Lila. „Al dente, wenn's geht."
„Klar", behauptete Papi hemmungslos. „Das ist die wichtigste Voraussetzung, die man erfüllen muss, wenn man sich um eine Au-pair-Stelle bewirbt."
„Und spricht sie auch Deutsch?", hakte Opa nach.
Papi reichte ihm das Körbchen mit den Croissants. „Weiß ich nicht. Aber das ist ja auch nicht so wichtig, denn die Kinder können fließend Englisch, nachdem sie praktisch in England aufgewachsen sind."
Eine gnadenlose Übertreibung. Wir hatten mal ein Jahr lang in London gelebt, als Mami ein Engagement am *Royal Opera House* hatte.
„Was sagt denn Carina dazu, dass du dir so ein hübsches junges Ding ins Haus holst?", fragte Opa Lila. Carina ist unsere Mutter und Opa Lila ihr Vater. Er lebt bei uns, seit er Witwer ist.
„Das Ganze war eigentlich Carinas Idee", verteidigte sich Papi. „Außerdem kommt Chris, um sich um die Kinder zu kümmern, nicht um mich. Und wer sagt überhaupt, dass sie hübsch ist? Wahrscheinlich sieht sie ganz durchschnittlich aus."
Ronny zerrupfte ein Croissant. „Ich will kein durchgeschnittenes Kindermädchen." Er versteht Sachen absichtlich falsch, um Sven zu ärgern.

„Durchschnittlich heißt mittelmäßig", verbesserte Sven ihn prompt.
„Wozu brauchen wir überhaupt ein Kindermädchen? Ist ja oberpeinlich", meinte mein älterer Bruder Tom gähnend. Er gähnt ständig, sogar im Schlaf.
„Solange noch Schule ist, seid ihr wenigstens vormittags beschäftigt", sagte Papi. „Da ginge es auch ohne Kindermädchen. Aber bald beginnen die Sommerferien. Ich will nicht, dass ihr die ganze Zeit allein und ohne Aufsicht herumhängt."
Was er nicht dazu sagte, war, dass Opa Lila mindestens dreimal so viel Beaufsichtigung nötig hatte wie wir vier Kids zusammen, weil er ständig Unfug trieb. Er meinte, er sei endlich alt genug, um all das nachzuholen, was er in seiner Jugend versäumt hatte, zum Beispiel sich die Haare grün färben und ein Glückschweinchen auf die Schulter tätowieren lassen.
„Ich schlaf in den Ferien sowieso bis mittags", sagte Tom.
„Eben." Papi gab es auf, die Jungs durch sein krampfhaftes Lächeln für das Au-pair-Mädchen zu erwärmen. „Weil du immer nur pennst, bist du keine große Hilfe. Aber wenn ihr absolut nicht wollt, dann sage ich der Agentur wieder ab, und wir erstellen zusammen einen Arbeitsplan für den Haushalt, in dem alle Aufgaben gerecht verteilt werden."
„Wir könnten in den Ferien bei Mami wohnen", schlug Sven hastig vor.
„Sie hat dort nur eine Zweizimmer-Wohnung."
Mit „dort", meinte Papi Mailand.
Vor kurzem war nämlich Mamis größter Traum in Erfül-

lung gegangen: ein Engagement an der berühmtesten Oper der Welt, der Mailänder Scala.
Leider konnten wir nicht mit ihr nach Mailand umziehen, so wie damals nach London, weil Papi inzwischen eine feste Anstellung hatte. Und deshalb brauchten wir jetzt ein Au-pair-Mädchen, was ich einfach genial fand. Aber ich war ja noch nicht zu Wort gekommen.
„Also, ich freu mich auf Chris", sagte ich, bevor meine Brüder und Opa Lila noch mehr miese Stimmung verbreiten konnten. „Sie kann in meinem Zimmer schlafen."
Das wäre dann so, als ob ich eine große Schwester hätte. Je mehr ich darüber nachdachte, desto mehr freute ich mich auf Chris.
„Das ist zwar ein nettes Angebot, Nike, aber wir richten lieber das Arbeitszimmer als Gästezimmer her", sagte Papi. „Chris braucht ja auch ihre Privatsphäre."
„Und was ist mit unserer Primatensphäre?", fragte Ronny. „Mit 'nem fremden Mädchen im Haus ist die doch futsch."

The boy with the CELLO

Am Abend ging ich online, um mit Cathy zu chatten. Cathy Winston war meine Freundin, seit ich in London gelebt hatte. Wir waren in dieselbe Klasse gegangen und Nachbarn gewesen.
Seit neuestem hatten wir beide Webcams und konnten uns beim Chatten auch sehen.

Cathy hatte schon auf mich gewartet. Ihr Bild erschien auf dem Monitor. Sie grinste und schob ihre Brille hoch. Ich grinste zurück, wackelte mit der Nase und tippte los.

NIKE: Hi Cathy. Guess what! My dad hired an au pair. Her name is Chris, she's 19 and she's arriving tomorrow. Isn't that exciting?
CATHY: Sounds cool :-))) I hope she's nice.
NIKE: Of course Chris might **turn out** to be **a pain in the neck**, but her letter sounded nice enough. I don't mind having a stranger in the house, **as long as** she cooks, helps me with the **laundry** and talks girl talk with me. My brothers are lazy and my dad **isn't much of a housewife**. ;-)
CATHY: At least your dad **cares for you**.

Das war ihr wunder Punkt. Cathys Dad hatte seine Familie schon vor Jahren im Stich gelassen, um sich ganz seiner Karriere zu widmen. Worin diese Karriere bestand, hatte Cathy mir nie erzählt. Sie schämte sich deswegen in Grund und Boden. Wenn er nicht gerade Nackttänzer war, was gab es da zu schämen? Aber sie rückte nicht mit der Sprache raus und ich hatte es aufgegeben, sie zu bedrängen.

Da Cathy so ein trauriges Gesicht machte, wechselte ich schnell das Thema. Gestern hatte sie mir erzählt, dass sie abends in ein Konzert des Schulorchesters gehen wollte.

to turn out sich entpuppen (als)
a pain in the neck eine Nervensäge
as long as solange
laundry Wäsche
isn't much of a housewife ist keine besonders gute Hausfrau
to care for sb jmd lieb haben

Nike: How was the concert?
Cathy: I went with Melissa and Jenna. **BTW**, they asked me to say hi to you. Hi from Melissa and Jenna :)
Nike: Hi back to them.

Wir waren eine richtige Viererclique gewesen und hatten uns optimal ergänzt, weil wir so verschieden waren. Cathy war die Ruhige, Melissa die Kichrige, Jenna die Vernünftige und ich die Mutige.

Cathy: Of course, our mothers had to go with us. Jenna was **embarrassed** because her mum kept calling her „my little **jellybaby**" in front of everybody. Melissa said she wanted to die because her mum was wearing one of her ultra-short mini-skirts and a pink feather boa. But that's all absolutely **harmless** compared to what my mum keeps doing to me. It never **occurs to her** that she's **making a complete exhibition of herself** when she says stuff like: „Shiny-Shine, the conditioner that puts sunshine in your hair", like she did in the supermarket on Friday.
Nike: It's a bit of a problem, isn't it? But I suppose it is her job.
Cathy: I'm tired of explaining to everybody that she's not crazy, she's just inventing jingles for adverts.
Nike: Do you remember how we met, when your mum invited us all over to your house to welcome us?
Cathy: How could I ever forget? It was so **embarrassing**.

BTW (by the way) übrigens
embarrassed verlegen
jellybaby *etwa:* Gummibärchen
harmless harmlos
to occur to sb jdm einfallen
to make a complete exhibition of oneself sich zum Gespött machen
embarrassing peinlich

Mrs Winston hatte meinen Eltern Sektgläser und uns Kindern Limonade gegeben, und dann aus heiterem Himmel gerufen: „Happy Nights with Nappy Nights." Wie Cathy mir später erzählte, arbeitete sie gerade an einer Werbekampagne für die Höschenwindeln Nappy Nights.

Nike: But it was **hilarious** when my mum thought it was a British **greeting** and raised her glass and said in her terribly loud voice: „Happy Nights with Nappy Nights to you too."

hilarious urkomisch
greeting Gruß
gorgeous wunderschön
mesmerized hypnotisiert
to bend forward sich vorbeugen
to stroke streichen

Cathy kicherte so heftig, dass ihr die Brille auf die Nasenspitze rutschte. Sie schob sie wieder hoch.

Cathy: You're right, that was really funny. But last night at the concert she did something that wasn't funny at all. And I didn't see it coming because I was looking at the most **gorgeous** boy in the world. He was playing the cello. I was **mesmerized** by the way his hands moved the bow from side to side. His blond hair kept falling into his eyes when he **bent forward**. I was imagining myself sitting next to him and gently **stroking** it back. I was in a trance. Then the boy had a solo and the world stopped turning – until suddenly Mum ...

Cathy vergrub das Gesicht in den Händen. Ich hätte am liebsten durch den Monitor gegriffen und sie geschüttelt. Was hatte ihre Mum denn nun wieder Schlimmes getan? Endlich hatte sie sich wieder einigermaßen unter Kontrolle und tippte weiter.

Cathy: You know, **whenever** Mum shouts her ideas **at the top of her voice** I wish she wasn't my real mother, so I could say I was an **orphan** and none of it was my **fault**. But she's never chosen a worse moment than last night during the cello solo … **Hang on**, I have to go to the **loo**. Wait till I'm back.

Frogs in a muddy pond

Klar wartete ich. Ich musste doch wissen, was passiert war. Als Cathy wieder erschien, nahmen wir unsere Unterhaltung wieder auf.

Nike: So what did your mum do during the cello solo?
Cathy: She jumped onto her seat and **yelled**: „Your hair is like a waterfall by moonlight. Your eyes are like **deep** ponds reflecting the stars."

Ich versuchte nicht zu lachen, und als ich dann doch losprusten musste, drehte ich mich schnell von der Webcam weg, damit Cathy nicht beleidigt war. Ich war Schlimmeres gewöhnt: Meine Mutter hatte sich schon auf sämtlichen Opernbühnen der Welt zur Schau gestellt, davon kriegt man ein dickes Fell, was Peinlichkeiten anbetrifft. Und Opa Lila trug in dieser Hinsicht auch noch einiges zu meiner Abhärtung bei. Er wäre womöglich auf die Bühne gesprungen und hätte dem Cellisten den Bogen weggenommen, um damit zu dirigieren.

whenever immer wenn
at the top of her voice lauthals
orphan Waise
fault Schuld
Hang on Warte mal
loo Klo
to yell brüllen
deep tief

Nike: What was it all about?
Cathy: **Beauty** pills. „Beauty in a bottle – get a new compliment every day." Mum's job is **to come up with** those compliments for their ads.
Nike: I'm sure she wasn't exactly yelling, it was probably more a **stage whisper**, and she didn't jump onto her seat, she only **lifted herself** off it for a second, right? I **bet** half of the **audience** didn't notice a thing.
Cathy: But the other half **was in hysterics**. And the boy with the cello stopped playing and just stared at us. That's as dramatic as it gets, if you ask me.
Nike: Take it easy.
Cathy: I tried to, I really did. And Mum promised she'd **apologize**. So after the concert we went backstage to the **dressing rooms**. We found the boy with the cello, but his mother was there too. She was not at all amused – she told my mum that she'd ruined the **career** of her **child prodigy**. But the boy looked at me with this expression that said: „Parents are **the pits**."
Nike: He'd probably rather have a mum with a pink feather boa round her neck than one who calls him a child prodigy.
Cathy: Oh yeah, she kept **praising** him **from here to eternity**. Horrible. And he rolled his eyes at me and we grinned at each other.
Nike: Cool :-))

beauty Schönheit
to come up with sich ausdenken
stage whisper Bühnenflüstern
to lift oneself sich erheben
to bet wetten
audience Publikum
to be in hysterics einen Lachkrampf bekommen
to apologize sich entschuldigen
dressing room Garderobe
career Karriere
child prodigy Wunderkind
the pits das Letzte
to praise loben
from here to eternity in alle Ewigkeit

Cathy: Jenna found out for me that the boy's name is Jamie Jungbluth. He's in the year above me. It's a pity I don't play an instrument, so I can't join the orchestra. I can't stop thinking about his gorgeous blond hair, blue eyes and **lopsided** smile!!!!!
Nike: Wow – sounds serious!!
Cathy: Yeah. I think I've fallen in love.

lopsided schief

Es klopfte an meine Zimmertür.

Nike: Someone's coming. Let's chat again tomorrow.
Cathy: Have fun with your au pair :) byeeeee

Kaum hatte ich aufgeschlossen, knallte die Tür gegen die Wand und ich wurde zu Boden geworfen. Solche Attacken war ich von Marco gewöhnt. Er war Toms bester Freund und gehörte irgendwie zur Familie. Jedenfalls benahm er sich, als wäre er bei uns zu Hause. Seit ich aus London zurück war, gingen wir außerdem gemeinsam ins Aikido.
Ich kämpfte mich unter ihm hervor, aber kaum stand ich wieder einigermaßen fest auf beiden Füßen, hebelte er mich schon wieder aus. Ich gab auf. „Okay, du hast gewonnen."
Er half mir hoch und zog mein T-Shirt zurecht. „Prima, dann musst du mir jetzt helfen Tom zu wecken."
Wir gingen zusammen in Toms Zimmer. Anklopfen erübrigte sich, denn das hätte er sowieso nicht gehört, so laut wie er schnarchte. Ich hielt ihm die Nase zu. Er drehte sich zur Seite. „Wahrscheinlich wacht er erst auf, wenn wir das Bett aus dem Fenster werfen."

„Alles klar“, sagte Marco. „Ich mach das Fenster auf, du wirfst.“
Ich grinste. „Wofür brauchst du ihn überhaupt so dringend?“
„Ich soll für Englisch ein Referat über irgendwelche Tiere machen. Er hat das besser drauf als ich.“
Ich sah auf meinen schlafenden Bruder. „Über Murmeltiere oder Faultiere?“
„Es sollte eine gefährdete Tierart sein. Welche, dürfen wir uns selbst aussuchen.“
„Eisbären!“, rief ich so laut, dass Tom eigentlich vor Schreck hätte aus dem Bett fallen müssen, aber er grunzte nur und drehte sich auf den Bauch.
Marco schaute mich verdutzt an. „Wieso Eisbären?“
„Weil ich über Eisbären mal mit Cathy zusammen ein Referat für Bio gemacht habe. Damals, als ich in London zur Schule ging.“ Während der Recherchen für unser Referat hatte Cathy Eisbären zu ihren absoluten Lieblingstieren erklärt. „Komm mit, ich müsste es noch irgendwo haben.“
Wir ließen Tom in Ruhe und gingen wieder in mein Zimmer. Hier schnarchte wenigstens niemand. Während ich meine Kiste mit alten Schulheften hervorkramte, setzte sich Marco an meinen PC.
„Your hair is like a waterfall by moonlight“, las er, was vom Chatten noch auf meinem Bildschirm stand. „Cool. Ich würde eher sagen: Your hair is like ketchup.“
„Das war auch nicht an mich gerichtet.“
„Your eyes are like deep ponds reflecting the stars“, las Marco ungerührt weiter. Er sah mich mit einem schiefen Grinsen an. „Wenn du meine Meinung hören willst –“

„Will ich nicht." Ich wühlte weiter in der Kiste.
„Your eyes are like frogs in a muddy pond."
Ich funkelte ihn mit meinen grünen Augen an.
„Wahrscheinlich habe ich das Referat längst weggeworfen."
Schnell drehte sich Marco vom Bildschirm weg. „Bitte such weiter, du hast dann auch was bei mir gut."

Schließlich fand ich das Heft mit dem Referat und überreichte es ihm.

POLAR BEARS – A POTENTIALLY **ENDANGERED SPECIES**

by Cathy Winston and Nike Klapdor

60% of the **estimated** population of 25,000 bears live in Canada. The rest are **spread** all over the northern polar region. They are the world's largest **land predators**. Polar bears don't **hibernate**. They usually have two cubs and live an **average** of 15 to 18 years. The oldest polar bear ever heard of lived in London Zoo to the old age of 41.

> **endangered species** *(vom Aussterben)* bedrohte Tierart
> **to estimate** schätzen
> **to be spread** verteilt sein
> **land predators** Landraubtiere
> **to hibernate** Winterschlaf halten
> **cubs** Jungen *(v. Tier)*
> **average** Durchschnitt
> **insulating fat layer** isolierende Fettschicht

rest Pause
to rub reiben
growl Knurren
hissing Zischen
chuffing sound puffendes Geräusch
shy schüchtern
hind legs Hinterbeine
to affect betreffen
climate change Klimawandel
to melt schmelzen
frozen gefroren
to starve to death verhungern

Polar bears have a thick **insulating fat layer**, black skin and transparent hair, which looks white because, like snow, it reflects light. They can swim more than 60 miles without a **rest**, then dry themselves by shaking off water and **rubbing** their fur in the snow.

POLAR BEAR LANGUAGE

A deep **growl**: „Go away, this food is mine."

Hissing: „I'm angry."

Loud roars and growls: „I'm very angry."

A **chuffing sound**: „God, am I stressed!"

A **shy** nose-to-nose-greeting: „May I have some of your food, please?"

Standing on his **hind legs**, with chin lowered and front paws hanging by his side: „I want to play with you."

ENVIRONMENTAL PROBLEMS **AFFECTING** POLAR BEARS

1st: **CLIMATE CHANGE**

The Arctic climate is changing because of global warming. In spring, the ice **melts** earlier than usual. This affects polar bears because they need **frozen** platforms from which to hunt seals. If there's no ice they cannot hunt and **starve to death**.

2nd: POLLUTION

Dust, soot and **chemical fumes rise** into the sky, travel around the world and **settle on** the ice of the Arctic. Chemical waste in rivers and seas is transported by **ocean currents** and reaches every corner of the world. **As a result,** polar bears are showing signs of a **weakened** immune system and **lower fertility rates.**

„Irre, das ist genau, was ich brauche“, sagte Marco, nachdem er den Text überflogen hatte. „Ich werde noch ein paar Stellen umformulieren, damit ich auch was daran geschafft habe. Danke.“

„Und was hab ich bei dir gut?“

Er stellte sich mit ausgebreiteten Armen vor mich hin. „Einen Freischlag.“

Ich hatte plötzlich das total bescheuerte Bedürfnis, ihn zu umarmen. Wie kam ich denn da drauf? Vielleicht, weil mir in diesem Moment zum ersten Mal ganz bewusst auffiel, wie sehr er sich verändert hatte. Er war mal ein ziemlich schwächliches Kerlchen gewesen. Jetzt hatte er einen Waschbrettbauch und ein echt nettes Grinsen.

„Heb ich mir für später auf“, sagte ich, während ich spürte, wie meine Nase rot wurde. Dieses peinliche Familienleiden habe ich von Oma Lilly geerbt, die

dust Staub
soot Ruß
chemical fumes chemische Dämpfe
to rise (empor)steigen
settle on sich legen auf
ocean currents Meeresströmungen
as a result als Folge
to weaken schwächen
lower fertility rates niedrigere Fruchtbarkeitsziffer

sogar auf dem Totenbett, als sie ansonsten leichenblass war, eine knallrote Nase bekam, weil sie den Oberarzt so nett fand. Eigentlich ein schöner Tod, wenn man sich ganz zuletzt noch verknallt.

Marco ging rückwärts zur Tür. Wahrscheinlich hatte er Angst, dass ich ihn von hinten anfiel. Ich fauchte; er tat, als würde er zu Tode erschrecken und hastete theatralisch kreischend die Treppe hinunter.

„Alberner Kerl“, sagte ich und fühlte immer noch diese ungewohnte Zärtlichkeit, mit der ich so rein gar nichts anfangen konnte.

Tom kam aus seinem Zimmer geschlurft und starrte Marco hinterher. „Brrr, ist mir kalt.“ Er drehte sich um und gähnte mich durch die offene Tür an. „Stell dir vor, ich hab die ganze Zeit nur von Eisbären geträumt.“

MONTAG

Schock am Flughafen

„Sag mal, hast du Hummeln gefrühstückt?“, fragte mich meine beste Freundin Annika am nächsten Morgen in der Schule, während sie mit ihren schwarz lackierten Fingernägeln die Sonnenblumenkerne von ihrem Vollkornbrötchen pulte und sie an eine Taube verfütterte. Ich hatte die Hoffnung noch nicht ganz aufgegeben, dass ich sie irgendwann wieder in einen normalen Menschen verwandeln könnte. Aber bis jetzt hatte ich wenig Erfolg. Nicht nur, dass sie sich ihre schönen blonden Haare seit einiger Zeit schwarz färbte, sie hatte inzwischen ihr Zimmer in eine regelrechte Gruft verwandelt, hörte Heavy Metal statt Hip Hop und erzählte am liebsten vom Weltuntergang und von Naturkatastrophen. Ihr liebstes Hobby, das Malen, hatte sie aufgegeben.
„Ne, keine Hummeln, aber ich hab tolle Neuigkeiten.“
Annika verzog den Mund, wie immer, wenn ich mich für etwas begeisterte. „So, was denn?“
„Wir kriegen ein Au-pair-Mädchen. Sie kommt heute Nachmittag an. Sie heißt Chris, ist aus England und garantiert supernett. Das hat man schon ihrem Brief angemerkt.“
Annika zog die Augenbrauen hoch, die sie zu einem dünnen Strich gezupft hatte. „Ich wette, diese grottige englische Kuh ist eine totale Nerve, hässlich wie ein Warzenschwein und blöder als eine Klobürste.“
„Also, falls du Angst hast, dass ich mich mit ihr an-

freunde und dich dann links liegen lasse, musst du dir keine Sorgen machen. Ich teile Chris gerne mit dir", sagte ich großzügig.
Ich erntete nur einen strafenden Blick. „Nike, du bist der naivste Mensch auf diesem Planeten, der im übrigen sowieso dem Untergang geweiht ist."
„Sind eigentlich Optimisten grundsätzlich naiv?", fragte ich den erstbesten Erwachsenen, der mir über den Weg lief, als ich heimkam.
Opa Lila sagte: „Nein, genauso wenig wie Pessimisten grundsätzlich schlau sind."
Papi rauschte an uns vorbei. „Bis nachher."
„Fährst du schon los?", rief ich. „Warte, ich will mit." Chris sollte doch einen guten Eindruck von uns Klapdors kriegen. Wenn sie meine Brüder sah, bevor sie mich kennen gelernt hatte, haute sie womöglich gleich wieder ab. Aber wenn Papi und ich sie am Flughafen so richtig nett und zivilisiert begrüßten, meinte sie, dass sie es mit umgänglichen, normalen Menschen zu tun hatte, und würde den Schock dann später etwas besser wegstecken. Vor allem auf die Begegnung mit Opa Lila würde ich sie schonend vorbereiten müssen.
Ich holte noch schnell mein Deutschheft aus dem Rucksack, dann stieg ich ins Auto. Auf der Fahrt fragte ich Papi, ob ich gut aussah.
„Na klar", war seine Antwort. „Tust du doch immer."
Es war einfach zwecklos. Er hätte nicht mal gemerkt, wenn ich mich vor seinen Augen in ein Kaninchen verwandelt hätte. Ein Grund mehr, warum ich eine Leih-Schwester brauchte. Dann hatte ich endlich jemanden, der mir ehrlich sagte, wie ich aussah. An diesem Tag

trug ich meine knappste Jeans und ein bauchfreies Top mit dem Schriftzug NIKE. Damit war zwar die Sportmarke gemeint, aber es ist gleichzeitig mein Name. In Gedanken übte ich schon mal die Begrüßung. „Hi, Chris, it's great to meet you." Oder lieber: „Chris, it's wonderful to have you here." Vielleicht auch: „Chris, you'll love it here."

„Du bist ja ganz hippelig", sagte Papi mit einem Seitenblick, als wir den Schildern zum Terminal folgten.

„Schau mal, da vorn wird ein Parkplatz frei", versuchte ich ihn abzulenken. Das war ja mal wieder typisch. Ihm fielen nur die Sachen an mir auf, die ihm nicht auffallen sollten.

In der letzten Unterrichtsstunde hatte ich ins Deutschheft in riesigen Buchstaben „Welcome Chris" geschrieben und jede Menge Smileys dazugemalt. So würden wir uns am Flughafen nicht verfehlen. Ich riss die Seite aus dem Heft und sah sie mir an. Ich hatte eigentlich noch Herzchen und Blümchen draufmalen wollen, aber dafür hatte die Zeit nicht mehr gereicht.

In der Ankunftshalle hielt ich mir den Zettel vors Gesicht, weil ich merkte, dass ich vor Aufregung mal wieder eine rote Nase bekam.

Ich liebe Flughäfen. Die startenden und landenden Flugzeuge, die vielen Leute, die ihr Gepäck hin- und herkarren, die Aufbruchstimmung in der Abflughalle und die Wiedersehensfreude in der Ankunftshalle! Das letzte Mal war ich vor zwei Wochen am Flughafen gewesen, als Mami nach Mailand flog. Das war weniger schön gewesen.

Das Mal davor waren wir alle gerade aus London zu-

rückgekommen. Es war mitten in den Sommerferien vor zwei Jahren. Ich war erst zwölf, hatte gerade meine Zahnspange rausbekommen und mir zum Abschied in London noch die Haare kurz schneiden und knallrot färben lassen. Diesen Look hatte ich seitdem beibehalten. Am Flughafen erwartete uns ein riesiges Empfangskomitee. Oma Lilly hatte damals noch gelebt, Opa Lila sah noch wie ein ganz normaler Rentner aus. Marco und seine Tante Hella waren auch da. Marco sagte, es wäre zwar ganz schön langweilig ohne mich gewesen, aber er hätte wenigstens keine blauen Flecken von unseren ständigen Raufereien gehabt.
Papi riss mich aus meinen Erinnerungen, als er plötzlich rief: „Are you Chris Gerrick? What a surprise!"
Schnell warf ich das Blatt von mir, breitete die Arme aus und rief: „Hi, Chris, it's so great to meet you. Absolutely wonderful to have you here."
Dann fielen meine Arme herunter und ich wäre am liebsten im Erdboden versunken.
„Thanks for the warm welcome", sagte Chris, bückte sich und hob das Blatt auf. „May I keep this?"
Ich brachte keinen Ton heraus, weder auf Deutsch noch auf Englisch. Nicht mal mehr ein Quieken. Ich hatte mich gerade bis aufs Knochenmark blamiert. Denn Chris war keine Frau, sondern ein Mann. Je länger ich ihn ansah, desto weniger Hoffnung hatte ich, dass er sich doch noch als Mädchen entpuppen könnte. Schwarze Stoppelhaare, dunkler Bartschatten, tiefe Stimme. Und ich wäre ihm fast um den Hals gefallen!
„We didn't expect an au pair boy", sagte Papi. „How unusual."

„I know, but I really love housework“, erklärte Chris. „Cooking is one of my hobbies. And I **get on well with** kids of all ages. So I thought this job was simply perfect for me.“

Und für mich wäre es simply perfect, einfach auszuwandern. Jawohl! In Mamis Wohnung in Mailand war bestimmt noch ein Eckchen für mich frei, viel Platz brauchte ich ja nicht. Ich hatte endgültig genug von der Testosteron-Übermacht in unserem Haus. Aus dem kaum erträglichen 5 zu 1 war soeben ein absolut unverkraftbares 6 zu 1 geworden.

Natürlich dachte Chris nach meiner stürmischen Begrüßung, dass er mich zutexten konnte. „You must be Nike. I can't wait to meet your brothers. Your mother told me on the phone that they're great boys. She misses you all a lot.“

Ich blieb stehen und starrte ihn entgeistert an. „You mean my mum knew you were a boy?“

„Yes, of course. She wanted **to make sure** she hired someone who would get on well with her sons. So I was her first **choice**.“

Wenn Mami so wenig Rücksicht auf meine Gefühle nahm, zog ich lieber doch nicht zu ihr, sondern zu Annika. Obwohl mein sonniges Gemüt dort sicher heftigen Schaden nehmen würde, zwischen all den Totenschädeln und Kultgegenständen aus düsteren Zeitaltern. Ob vielleicht Gina mich bei sich aufnahm? Sie wohnte in der gleichen Straße wie wir, ging eine Klasse höher als Annika und ich und war eine echte Frohnatur, vor allem, wenn sie frisch verknallt war.

to get on well with sich gut verstehen mit
to make sure sicher gehen
choice Wahl

„What a lovely day", begeisterte sich Chris. Seine weißen Zähne blitzten, seine Augen strahlten. „It was raining in London when I left."
Ich schielte auf meine rote Nase und stolperte wie in Trance hinter Papi und Chris zum Parkplatz. Papi verstaute Chris' Gepäck im Kofferraum. Ich erwog, mich zwischen die Koffer zu hechten, aber da schloss Papi schon die Klappe und hielt die Beifahrertür für mich auf. Ne, bloß nicht. Ich wollte doch nicht die ganze Fahrt über SEINEN Blick im Nacken spüren. Also setzte ich mich hinten rein und überließ Chris großzügig den Platz neben Papi.
Doch was tat der? „I'll sit **in the back** next to Nike", sagte er. „So we can talk on the way home. I hope that's all right, Mr Klapdor?"
„Call me Rüdiger", bot Papi an, während er sich hinters Lenkrad klemmte.
„Ruuu-diger", versuchte Chris. „What a difficult name."

in the back hinten
to belong to sb zu jdm gehören
to fasten one's seatbelt sich anschnallen

Ich holte mein Handy raus und schrieb Annika eine SMS. „Es ist 1000mal schlimmer als erwartet. Du hattest Recht. Grottig beschreibt es nicht mal annähernd!"
„Tell me about your family", hörte ich Papi sagen.
Ich klappte das Handy zu und meinte verwirrt: „But you know us, you **belong to** our family."
Papi lachte schallend. „I was asking Chris."
„Nike's got a great sense of humour." Chris zwinkerte mir zu. „Oh, you forgot **to fasten your seatbelt**. May I?" Er beugte sich zu mir rüber. Ich hielt die Luft an. Er langte über mich hinweg. Ich unterdrückte einen Protestschrei. Er erwischte den Gurt, zog ihn knapp vor meiner

Brust vorbei und ließ das Schloss mit sattem Klick einrasten. Ich traute mich endlich auszuatmen. So nah war mir noch kein männliches Wesen gekommen, mit dem ich nicht verwandt war – außer Marco natürlich.
„Thank you“, murmelte ich, während meine Nase vom Leuchten allmählich ins Glühen überging. „Sorry, it's my private Red Nose Day.“
Chris kriegte sich nicht mehr ein. „You're hilarious.“
Schön zu wissen, dass ich die totale Lachnummer war.

Daheim stand Opa Lila vor der Haustür. Er hatte sich „fein“ gemacht und die grünen Haare mit Gel zu kleinen Spitzen modelliert. Er trug ein Muskelshirt, das nicht nur sein Tattoo, sondern auch die schlaffe Haut seiner Oberarme bestens zur Geltung brachte, dazu eine knallenge Lederhose und Cowboystiefel. Eine bessere Ablenkung von meiner roten Nase hätte ich mir nicht wünschen können.
„Rüdiger, du hast den falschen Fluggast mitgebracht.“ Opa Lila deutete auf Chris. „Das da ist weder ein Mädchen noch durchschnittlich.“
„It's all right“, sagte Papi. „This is Chris, our au pair.“
„I see. Chris, are you homosexual?“, fragte Opa Lila. Hinter ihm tauchten meine drei Brüder im Türrahmen auf. Ronny fragte: „Was bedeutet homosensationell?“
Sven ermahnte ihn: „You must speak English or Chris won't understand you.“
Und Tom gähnte. Womöglich ist er der Klügste von uns allen. Wenn man gähnt, kann man wenigstens nichts Peinliches sagen.

Liebe auf den ERSTEN BLICK

Ich hatte Annika seit Ewigkeiten nicht mehr lachen gesehen. Jetzt lag sie auf dem Boden und wieherte wie ein rossiges Pferd. Ich war zu ihr geflohen und hatte ihr mein Herz ausgeschüttet. Und was war der Dank?
„Ein Kerl“, schnaubte sie. „Ein richtiger, echter Kerl!“ Sie trommelte mit den Händen auf den Boden, bis der schlimmste Teil des Anfalls vorbei war. Sie setzte sich auf und wischte die Lachtränen weg, doch es flossen sofort neue nach. „Erzähl noch mal, wie du ihm zur Begrüßung fast um den Hals gefallen wärst. Ich wünschte, ich wäre dabei gewesen.“
Ich kaute an meinen Fingernägeln. „Sag mal, geht's dir gut? Brauchst du einen Arzt?“
„Mir ging's noch nie besser. Und meine Mutter ist Ärztin, falls du's vergessen hast.“
„Sie hat gewusst, dass Chris ein Kerl ist“, sagte ich bitter.
„Wieso hat meine Mutter das gewusst?“
„Nein, nicht deine. Meine. Sie hat Chris engagiert. Wie konnte sie mir das antun?“
„Und dein Vater dachte echt auch, da kommt ein Mädchen, oder hat er euch verarscht?“
„Er war genau so überrascht wie ich, als Chris sich als Junge entpuppte, aber nicht annähernd so entsetzt.“ Ich rutschte zu Annika auf den Boden und packte sie bei den Schultern, um ihr den Ernst der Lage klar zu machen. „Annika, du musst mir helfen. Ich will Chris um-

tauschen lassen gegen ein Au-pair-Mädchen. Meinst du, das geht?"

Annika deutete auf eine selbst genähte, schwarze Stoffpuppe, die auf ihrem Nachttisch saß und deren Zweck mir bisher nicht klar gewesen war.

„Wie wäre es mit einem Voodoo-Zauber? Du machst ein Foto von Chris und wir heften es der Puppe aufs Gesicht. Wenn ich die Puppe dann in Juckpulver wälze, bekommt Chris einen Ausschlag und reist ab, weil er denkt, er wäre hier gegen irgendwas allergisch."

Ich nagte an meiner Unterlippe. „Also, antun will ich ihm eigentlich nichts, dazu ist er zu nett."

„Wie wäre es dann mit Schocktherapie? Ich könnte dir Honey und Darling leihen." Das waren Annikas Spinnen, beide von der großen, haarigen, extragruseligen Sorte.

„Dann wäre ich zwar Chris los, aber Opa Lila käme garantiert auf die Idee, sich auch welche zuzulegen."

Annika stand auf. „Weißt du was, wir gehen jetzt gemeinsam zu dir rüber und ich schaue mir den Kerl erst mal an. Danach fällt mir sicher etwas ein."

Chris schien eine Menge Schaulustiger anzuziehen, denn als wir ankamen und meine Familie im Wohnzimmer versammelt vorfanden, tauchte auch Marco auf. Er haute mir zur Begrüßung mit der flachen Hand auf den Rücken. Ich revanchierte mich mit einem Fausthieb in seinen Bauch. Natürlich hatte er das geahnt und die Muskeln rechtzeitig angespannt, so dass meine Faust glatt abprallte. Wir verstanden uns eben ohne viele Worte.

„Mein Gott, ist der süß", hauchte Annika mir ins Ohr.

„Wie? Wer?" Hatte Ronny etwa den Hamster geschenkt bekommen, den er sich schon so lange wünschte?

„Na, eeer."
Annika nickte mit dem Kinn in Richtung Couch.
Dort saß Chris, der uns noch nicht bemerkt hatte, weil Ronny und Sven ihn belagerten. Papi reichte Gläser mit Orangensaft herum. Tom fläzte sich in seinem Lieblingssessel und gähnte ausgiebig.
„Hä?", machte ich.
„Mensch, bist du begriffsstutzig", raunte Annika mir zu. „Ich meine i-hihn, euren Kinderjungen. Kindermädchen darf ich ja wohl nicht sagen." Sie kicherte. „Der ist supersüß."
„Sag mal, bist du's wirklich oder hast du mit Gina die Körper getauscht? Du hörst dich an wie sie."
„Die deutschen Jungs taugen halt nix, darum hatte ich bisher keinen Grund, ins Schmachten zu geraten", flüsterte sie.
„Das hab ich genau gehört", sagte Marco.
„Dein Pech", versetzte Annika, dann zerrte sie mich in den Flur. „Du musst mich ihm vorstellen, bitte, bitte", bettelte sie.
„Marco kennst du doch schon." Es war echt nicht mein Tag, was schnelle Schlüsse und Geistesblitze anbetraf.
„Chris natürlich. Der ist ja so unfassbar süß."
„Was soll an dem denn süß sein? Überhaupt, seit wann findest du Jungs süß? Bisher waren wir uns doch einig, dass sie nur zum Verkloppen taugen."
„Du bist total geschädigt, weißt du das?", sagte Annika. „Das liegt wahrscheinlich daran, dass du mit drei Brüdern aufwachsen musst. So etwas kann ein sensibles Mädchen fürs Leben traumatisieren. Ich vermute, du wirst nie fähig sein, dich zu verlieben."

Ich wappnete mich seelisch für das Weltuntergangsdrama, von dem sie mir gleich erzählen würde. Doch dann bekam sie wieder diesen Gina-Blick und flehte mich förmlich an: „Und jetzt stell mich Chris vor, aber so, dass er gleich merkt, was ich für eine tolle Frau bin."

Was tut man nicht alles! Ich begleitete Annika zur Couch, schob Ronny und Sven zur Seite und sagte zu unserem Au-pair-Jungen: „Chris, I want you to meet my best friend Annika. She collects **skulls**, spiders and other lovely stuff."

skulls Totenschädel
live lebendig
underrated unterbewertet
creature Geschöpf

Annika stöhnte auf, aber nur ganz kurz, dann hatte Chris schon wieder sein Strahlelächeln angeschaltet, das auf Annikas Seele wie Balsam zu wirken schien. Sie sank förmlich neben ihm auf die Couch.

„**Live** or dead spiders?", fragte er.

„Live spiders." Sie zog doch tatsächlich zwei Fotos aus ihrem Geldbeutel und zeigte sie Chris. „This is Honey, and this one is Darling. I feed them insects."

„How fascinating. I think spiders are very **underrated creatures**."

„Schmieriger Charmebolzen", raunzte Marco mir zu. „Gehen wir im Garten ein bisschen kämpfen, Nike?"

„Warum nicht gleich hier?" Mit einem zackigen Schulterwurf beförderte ich ihn ohne Vorwarnung auf den Teppich. Marco ist zum Glück nicht zimperlich. Er sprang elegant auf die Füße, ging in Grundstellung und winkte mich näher. Normalerweise war er mir haushoch überlegen, aber nach allem, was passiert war, fühlte ich mich so voller Energie, dass ich ihn dreimal hintereinander zu Fall brachte.

„Hast du heimlich trainiert?“, fragte er keuchend, als er sich das dritte Mal aufrappelte.
„Ist alles eine mentale Sache.“
Chris klatschte Beifall. „So you**'re into martial arts**. How fascinating.“
„Absolutely“, sagte ich, auch etwas außer Puste. „It's a very underrated sport.“

I wish I'd LOCKED the door

Ich hatte genug von der Chris-Beschau, zog mich in mein Zimmer zurück und sah nach, ob Cathy schon im Chatroom war. Ich war etwas zu früh dran, aber sie war tatsächlich schon online.

Cathy: Hi Nike. So, did your au pair arrive? Is she nice?
Nike: She's not a she :(((
Cathy: How come?
Nike: She's a he.
Cathy: I've never heard of au pair BOYS.
Nike: **Neither** have I. The last thing I need is another man in the house. And on top of that, Annika went all crazy about him.
Cathy: What's so special about him?
Nike: I've no idea. I've never **had a crush on** a boy. Any news about James? Was that his name?
Cathy: No, it's Jamie. Jamie Jungbluth. It's funny how you keep seeing someone once you've noticed them.

to be into sth auf etwas stehen
martial arts Kampfsport
neither auch (nicht)
to have a crush on sb in jdn verknallt sein

Jamie must have been around all these years and I never even knew he existed. Today I spotted him **wherever** I went.

Nike: Did you talk to him?

Cathy: During lunch break I **plucked up all my courage** and went over to him as he was standing in front of the lunch notice board. He saw me and smiled his **adorable** lopsided smile. **It took me a moment** to get my **brain** working so I could say: „I'm sorry my mum ruined your solo."

Nike: What did he say?

Cathy: „Don't worry, I wish my mother hadn't **got her knickers in a twist** over it. Hey, do you like polar bears?"

Nike: How could he know that?!

Cathy: I was wearing my „Save the polar bear" T-shirt. For what seemed like **ages** I couldn't think of anything to say except „Bigger size for a better price", the jingle my mother came up with at breakfast.

Nike: But you didn't say it, I hope.

Cathy: Of course not. ***g*** But Jamie kept smiling and I was practically melting into a puddle at his feet. Then my brain **kicked back in** and I managed to say two whole sentences one after another.

Nike: You go, girl :-)

Cathy: I said: „I collect everything about polar bears. I've filled two scrap-

wherever wo auch immer
to pluck up all one's courage seinen ganzen Mut zusammennehmen
adorable hinreißend
it took me a moment es dauerte einen Moment
brain Gehirn
to get one's knickers in a twist sich total über etwas aufregen
ages Ewigkeiten
***g* (grin)** Grinsen
to kick back in wieder anfangen zu funktionieren

hardly kaum
natural natürlich
to come round vorbeikommen
that so
my heart skipped a beat mir stockte das Herz
presence of mind Geistesgegenwart
any time jederzeit
just like that einfach so
to pace auf und ab gehen
thumbnail Daumennagel
to turn into werden
gag Knebel
so badly so sehr
keep my mum out of my hair meine Mutter mir vom Leib halten
front door Haustür

books already." We got some food and went and sat down together.

Nike: I bet you were so excited you could **hardly** sit still!

Cathy: I was trembling all over. Then, as if it was the most **natural** thing to ask, Jamie said: „Can I **come round** and look at your collection?"

Nike: He's not **that** shy, then.

Cathy: **My heart skipped a beat**, and then I actually had the **presence of mind** to say „Sure, **any time**." And he said: „How about today, around five o'clock?"

Nike: Oh my God!!! Your first date, and it happened **just like that** :-)))))

Ich schnippte mit den Fingern.

Cathy: When I got home I spent half an hour **pacing** between my desk and my bed, biting my **thumbnail** and thinking hard. Having a boy come round was really exciting, but what with my mum being a walking embarrassment, it could easily **turn into** the most mortifying day of my life.

Nike: You could invent a **gag** for parents and get rich ;-)

Cathy: At that moment I missed you **so badly**. I know you'd have come up with a plan to **keep my mum out of my hair.** Then it occurred to me that with a bit of luck I could probably smuggle Jamie into the house without Mum noticing. So I waited at the **front door**, let him in before he could ring the bell, and **whispered** to him to follow me upstairs **on tiptoe**.

Nike: He probably thought you had a little **bro or sis** who **was asleep** *g*

Cathy: Jamie looked at all my folders and said I had the best polar bear scrapbooks he'd ever seen. I was so **flattered**. Everything was going really well until suddenly the door flew open. You can imagine what happened then, can't you?

Nike: Your mum came in?

Cathy: Yes. She **beamed** at Jamie and said in her **huskiest** voice: „Your **lips** are like rose **petals** opening at **dawn**." Aaaargh!!!

Sollte ich jemals in die Verlegenheit kommen, jemandem ein Kompliment machen zu müssen, würde ich Cathys Mum um Rat fragen.

Nike: Did you tell Jamie about the beauty pill ads?

Cathy: You know how I'm always **lost for words** when I need them most. Before I had **recovered** from the shock, Jamie was already leaving in a hurry. I'd rather not imagine what he must have been thinking. I've come to the **conclusion** that Mum is determined to ruin my life and make sure I become a **hermit** with no friends **whatsoever**. I might as well **sign up** for a one-woman mission to Mars :(((

to whisper flüstern
on tiptoe auf Zehenspitzen
bro or sis (brother or sister) Bruder oder Schwester
to be asleep schlafen
flattered geschmeichelt
to beam strahlen
husky heiser
lips Lippen
petals Blütenblätter
dawn Morgengrauen
I am lost for words mir fällt nichts ein
to recover sich erholen
conclusion Schluss
hermit Einsiedler(in)
whatsoever überhaupt
to sign up sich freiwillig melden

Nike: I'm sure if Jamie really likes you he'll give you a second chance. Talk to him again tomorrow. Promise.

to insist
darauf bestehen

Cathy: If you absolutely **insist** ...

What a **SWEET** little bear!

Es klopfte. Wenn ich chattete, schien das Störenfriede ja geradezu magisch anzuziehen. Wieder mal war es Marco. Ich ging sofort in Abwehrhaltung, aber er winkte nur ab: „Für heute haben wir genug gekämpft. Ich wollte dir nur noch kurz etwas bringen, bevor ich gehe." Er stellte mir einen kleinen Plüscheisbären auf den Schreibtisch. „Als Dankeschön. Ich hab heute das Referat gehalten und eine glatte Eins bekommen." Er wurde rot, wahrscheinlich vor Freude über seine gute Note.
„Toll", sagte ich. „Äh, und danke."
Erst als er weg war, sah ich mir den Eisbär näher an. Er war unheimlich niedlich und hielt ein kleines, rotes Pappherz zwischen den Vorderpfoten. Ich merkte, dass ich Herzklopfen bekam. Cathy tippte bereits ganz aufgeregt:

Cathy: Who was that? And what did he give you? Quick, I have to know!!!!!!!!!!

Ich hielt das Bärchen vor die Webcam.

Nike: That was Marco. He gave me a polar bear.
Cathy: He must be totally in love with you.
Nike: Rubbish. He's one of my brother's friends. He just wanted to say thank you because I helped him with a school project.
Cathy: But the bear is holding a heart. That means he's in love. I'll bet you anything you like.
Nike: No, I'm sure it was the only polar bear he could find.

Komisch dabei war nur, dass ich das süße Bärchen am liebsten ganz fest an mich gedrückt hätte.

DIENSTAG

Der DREAM-BOY-Test

Am nächsten Tag zog Annika mich in der großen Pause quer über den Schulhof, bis sie endlich Gina gefunden hatte, die gerade mit fünf anderen Achtklässlerinnen kichernd bei den Mädchenklos herumhing.
„Du, Gina", fuhr Annika mitten in deren Gespräch rein. „Wir brauchen dringend deinen Rat."
Wir? Wie kam sie denn darauf? Ich hatte von Gina noch nie einen Rat gebraucht.
„Auf dem Heimweg", sagte Gina kurz angebunden und scheuchte uns weg.
„Na, das lief doch prima", meinte Annika.
„Wozu brauchst du denn überhaupt ihren Rat?"
„Weil ich wissen muss, wie ich mich am besten an Chris ranmache. Ich hab da ja bisher überhaupt keine Erfahrung."
„Und dann fragst du Gina? Warum nicht mich?"
„Du könntest mir doch höchstens beibringen, wie ich Chris k.o. schlage."
„Eben, dann wäre ich ihn wenigstens los."
„Mensch, Nike, wie bist du denn drauf?"
„Das fragst ausgerechnet du, nachdem du jahrelang nur mit Leichenbittermiene herumgelaufen bist? Überhaupt: Hast du nicht behauptet, Chris wäre grottig?"
Es war eigentlich nicht fair von mir, ihr das jetzt unter die Nase zu reiben, und sie konterte auch prompt:

„Da dachte ich ja noch, er wäre ein Mädchen. Aber jetzt sieht alles ganz anders aus. Ich hab mich total verknallt. Er hat nicht mal Angst vor Spinnen. Ist das nicht romantisch?“

Ich versuchte es mit Ironie.

„Mindestens so romantisch wie die Kämpfe, die Marco und ich uns immer liefern.“

„Siehst du. Wenn du an Jungs denkst, dann denkst du nur an Hauen und Schlagen. Was verstehst du also schon von Romantik? Und genau deshalb brauche ich Ginas Hilfe.“

Auf dem Heimweg schwärmte Annika dann Gina ausgiebig vor, wie unwiderstehlich Chris war. „Was meinst du, was soll ich tun?“

Gina nickte erst mal anerkennend.

„Klingt, als hättest du da ein echt tolles Exemplar ausfindig gemacht.“

„Tolles Exemplar?“ Diese Einstellung fand ich ausgesprochen abwertend. „Du sprichst ja von Jungs wie von Tieren in einem Zoo.“

„Manchmal benehmen sie sich ja auch wie die reinsten Affen.“ Gina beugte sich verschwörerisch zu Annika. „Darum ist es ganz, ganz wichtig, dass du Chris erst mal testen lässt.“

„Auf Krankheiten?“, fragte ich dazwischen.

„Nein, auf Tauglichkeit. Hier, schaut mal.“ Sie kramte in ihrem Rucksack und brachte ein Blatt zum Vorschein. Es war die Kopie einer Seite aus einem englischen Mädchenmagazin.

Is your dream boy really good enough for you?

Find out by answering the following questions. The more points he scores, the better!

Is he romantic?
He thinks romance has something to do with **the Roman Empire** 0
Only when there's a full moon 1
He lights candles, sends me roses and gives me fancy **nicknames** 2

He brushes his teeth ...
once a week, if at all 0
once a day 1
twice a day or more 2

He smells of ...
smoke, sweat and old socks 0
fresh air and soap 1
my favourite aftershave 2

For your last date he arrived ...
two hours late 0
right on time 1
He was already there and waiting for me 2

to follow folgen
the more ... the better je mehr ... desto besser
the Roman Empire das römische Reich
nickname Spitzname
smoke Rauch
sweat Schweiß
right on time absolut pünktlich

Do you like the way he kisses?

He kisses like a wet fish 0

His kisses are shy but nice 1

His kisses are so hot they burn my lips 2

He touches you ...

with sweaty hands 0

tenderly 1

passionately 2

Does he flirt with other girls?

Yes, but they don't want to flirt with him 0

Only when they start it 1

No, he's only got eyes for me 2

His body ...

is nothing special 0

could be in better shape 1

is **lean** and fit / nice and **cuddly** (**depends** which type you prefer) 2

When it comes to money ...

he always **pretends** he doesn't have any 0

he's all for **equal rights** – when we go out we **split the bill** 1

he always insists on paying for everything 2

tenderly zärtlich
passionately leidenschaftlich
lean schlank
cuddly knuddelig
to depend darauf ankommen
to pretend so tun als ob
equal rights Gleichberechtigung
to split the bill die Rechnung teilen

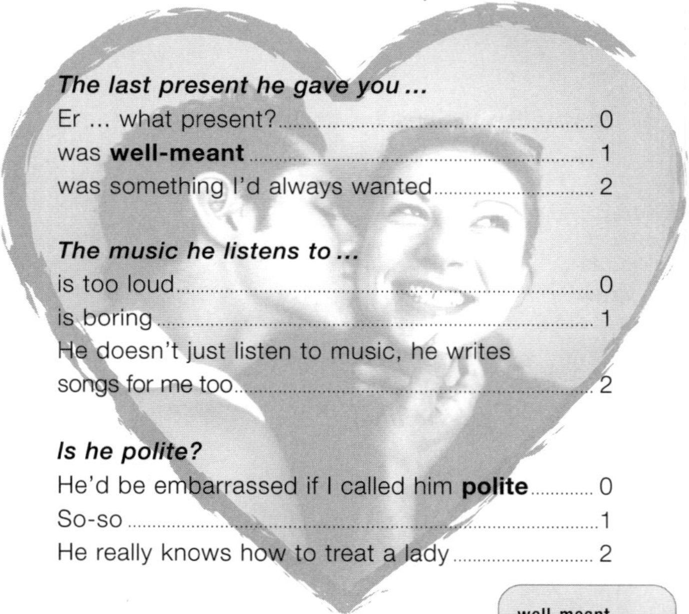

The last present he gave you …

Er … what present? 0
was **well-meant** 1
was something I'd always wanted 2

The music he listens to …

is too loud 0
is boring 1
He doesn't just listen to music, he writes songs for me too 2

Is he polite?

He'd be embarrassed if I called him **polite** 0
So-so 1
He really knows how to treat a lady 2

well-meant gut gemeint
polite höflich

„Hab ich von dir, Nike", sagte Gina. „Von mir? Ich habe noch nie einen Jungen getestet."
„Nein, aber du hast mir aus London jede Menge Mädchenzeitschriften mitgebracht. Da waren tolle Tests und Listen drin. Ich hab mir ganz viele Kopien gemacht."
„Und was bringen diese Tests?"
„Unter anderem mache ich nie wieder den Fehler, mich mit einem Jungen einzulassen, ohne mir vorher Referenzen über ihn einzuholen. Anschließend kreuze ich auf dieser Liste an, was auf ihn zutrifft. Wenn er zu oft null Punkte hat, kann ich ihn vergessen. So spare ich mir jede Menge schlechte Erfahrungen."

Annika zupfte an ihrer Unterlippe. „Aber ich kann ja nicht nach London jetten, um nach Chris' Ex-Freundinnen zu suchen."
„Ne, natürlich nicht. Deswegen musst du hier jemanden finden, der ihn testet."
Annika sah Gina mit großen Augen an. „Würdest du das für mich machen?"
„Zu gefährlich." Gina warf ihre langen, blonden Locken über die Schulter. „Ich sehe so gut aus, dass er sich dabei glatt in mich vergucken könnte. Und ich würde ihn vielleicht auch total süß finden, wenn er so ist, wie du ihn beschreibst. Ne du, das muss schon eine machen, die gegen Romantik immun ist." Wie auf Kommando sahen beide mich an. „Nike, wie wär's mit dir? Du bist doch sowieso hautnah an ihm dran."
Ich zeigte ihnen einen Vogel. „Ihr spinnt ja total."
Zwei Augenpaare starrten mich durchdringend an.
„Das ist ja wohl das Mindeste, was du für deine aller-allerbeste Freundin tun kannst", sagte Gina streng.
„Soll sie ihren Süßen doch selber testen."
Gina seufzte. „Also echt jetzt, Nike, du bist wirklich ein hoffnungsloser Fall. So wirst du nie eine richtige Frau."
„Sie ist traumatisiert." Annika zuckte entschuldigend mit den Schultern. „Brüder-geschädigt. Da kann man nichts machen."
Jetzt redeten sie über mich auch schon wie über ein „Exemplar".
„Na also. Ist ja wunderbar." Gina stupste mich in die Rippen. „Dann schlagt ihr gleich zwei Fliegen mit einer Klappe. Nike, du testest Chris und erfährst dabei, ob er für Annika gut genug ist. Gleichzeitig therapierst du damit

dein Brüder-Trauma. Abgemacht. Ciao und lasst mich wissen, wie es läuft." Sie stakste von dannen.
Ich war ein paar Sekunden lang sprachlos. „Sag mal, Annika, das ist doch totaler Quatsch, oder? Gina hat sie wohl nicht mehr alle."
„Ich finde die Idee genial."
„Woher soll ich denn wissen, ob Chris gut küssen kann, selbst wenn ich ihn dazu bringe, es zu tun? Ich bin noch nie von einem Jungen geküsst worden, mir fehlt jede Vergleichsmöglichkeit."
Annika wurde rot. „Ich bin schon einmal geküsst worden, aber es war der totale Flop."
„Echt? Von wem denn?"
Sie wand sich ein wenig, dann gestand sie: „Von Tom, auf eurer Gartenparty an Pfingsten."
„Bist du sicher, dass er nicht einfach nur zufälligerweise in der Nähe deines Mundes gegähnt hat?"
„Ne, das war schon ein richtiger Kuss. Hinterher hat er sich beschwert, dass mein schwarzer Lippenstift komisch schmeckt. Seitdem benutze ich nur noch dunkelroten. Warte mal." Sie zog den Reißverschluss ihrer Umhängetasche auf und suchte eine Weile in dem Fach herum. Zwei Tampons und ein Kaugummistreifen fielen raus, dann hatte sie endlich gefunden, wonach sie suchte. Sie hielt mir den Lippenstift hin. „Den musst du auftragen. Falls Chris ihn nicht mag, kaufe ich mir einen anderen oder lasse ihn ganz weg."
„Ach, jetzt soll ich also auch testen, ob du Chris gefallen würdest. Was denn noch? Soll ich mir die Haare schwarz färben? Mir den BH ausstopfen?"
Annika griff sich entsetzt an die Brüste. „Sieht man, dass ich da ein bisschen mogle?"

„Spätestens, wenn er dich auszieht, weiß er es."
„Mensch, bist du pervers. Ich lass mich doch von Chris nicht ausziehen! Ich will nur mit ihm gehen."
„Der Kerl ist neunzehn, da reichen Händchenhalten und Knutschen nicht mehr", machte ich ihr klar.
Annika zuckte die Schultern. „Bis es so weit ist, kann mein Busen noch wachsen."

Spagetti al dente, ein PIERCING und rätselhafte Freunde

Als ich heimkam, tischte Chris gerade im Wintergarten das Mittagessen auf. Er hatte zum ersten Mal für uns gekocht, und alle saßen schon sehr gespannt um den Tisch, außer Papi, der musste arbeiten.
Die Spagetti bildeten einen dampfenden Berg in der Schüssel. Aus dem Soßentopf duftete es nach Basilikum und Tomaten. Ich setzte mich und merkte, dass ich tierisch hungrig war.
„It smells great."
„Thank you." Chris schenkte mir sein strahlendstes Lächeln. Gute Zahnpflege. Damit war schon mal eine der Fragen auf Ginas Liste geklärt.
Normalerweise musste ich warten, bis meine gierigen Brüder sich die Teller voll geladen hatten, aber Chris meinte „Ladies first", und beförderte mir höchstpersönlich eine Ladung Nudeln auf den Teller, bevor er mir die

Soße reichte. In Gedanken gab ich ihm zwei Punkte bei der Frage: „Is he polite?"

Chris setzte sich und sah uns erwartungsvoll an. „**Dig in**."

Ich rieb Parmesan über die Soße und ließ es mir schmecken.

Die Nudeln waren so al dente, dass es Opa Lila fast das Gebiss raushaute. „Erstklassig", lobte er. „I mean: first rate. I'm going to get my ear pierced today. Does anybody want to come along and see me get it done? We could **turn it into** a family **outing**."

„I don't want this silly family **autism**", protestierte Ronny.

Sven stippte einen Finger in seine Tomatensoße und tupfte Ronny einen Punkt auf die Nasenspitze. „Outing, not autism, you **nitwit**."

Ich wischte den roten Fleck schnell mit meiner Serviette weg, sonst stach die Familienähnlichkeit zwischen uns zu sehr ins Auge.

„You only want us to come along", meinte Tom zu Opa Lila, „because you don't want to be the only one who gets **told off** by Dad. No, thanks."

„I'm too young to watch Grandpa being pierced", sagte Ronny. „I don't want to see the blood."

„There won't be any blood", sagte Tom. „They do it with **red-hot needles**."

Warum waren alle immer so grausam zu unserem Jüngsten? „Leave him alone. Remember how he fainted when Grandpa got the tattoo?", sagte ich zu Tom, dann

Dig in. Fang an.
to turn sth into sth etwas in etwas Anderes verwandeln
outing Ausflug
autism Autismus
nitwit Dussel
to tell s.o. off schimpfen
red-hot glühend heiß
needle Nadel

schlug ich Opa Lila vor: „Why don't you ask Chris?" Doch der schüttelte hastig den Kopf. „I'd love to go with you, but I'm meeting someone this afternoon."
„Have you got friends here?", fragte ich, während die Durchblutung meiner Nase mal wieder alle Rekorde schlug.
Auch Chris errötete, allerdings an den Ohrläppchen. Das sah tatsächlich ein bisschen süß aus, jedenfalls besser als sein kitschiges Lächeln. „Well, **sort of**. I mean, yes, I have a friend or two."

sort of sozusagen; irgendwie

Hatte er jetzt einen oder zwei Freunde? Und warum musste er deswegen rot werden? Sehr verdächtig.
„Nike, will you come along to see me get my ear pierced?", fragte mich Opa Lila.
Ich überlegte schnell. In meinem Kopf formte sich ein Plan. Wenn ich Chris nachspionierte, fand ich vielleicht einiges über ihn heraus, das ich dann an Annika weitergeben konnte.
„Sorry, Grandpa, I'm busy."
Später half ich Chris beim Abräumen.
„Do you have a map of the town?", fragte er. „I need to find an address."
„Sure. Wait, I'll go and get it." Ich brachte unseren Stadtplan und breitete ihn auf dem Esstisch aus, den Chris gerade feucht abgewischt hatte. Der Plan pappte an mehreren Stellen fest.
Chris zeigte mir einen Zettel: Café Carluccio, Herbertstraße Ecke Manuelstraße. Ich brauchte nicht im Register nachzusehen, denn die Gegend kannte ich. Marco wohnte direkt über dem Café. Ich deutete mit dem Zei-

gefinger auf die Stelle. „It's here. Not far from us. See, we live here." Ich rutschte ein paar Zentimeter nach Südwesten. „It takes about ten minutes to walk there." Ich fuhr mit dem Finger den Weg ab, den Chris nehmen musste. „I suggest you take the map with you, in case you get lost."
„Great, thanks." Er sah auf seine Armbanduhr. „I'll leave at twenty to two, just to be on the safe side."
Damit war die Frage nach seiner Pünktlichkeit bei Verabredungen beantwortet. Er wollte anscheinend früher da sein als die Person, mit der er sich traf. Wer das wohl sein mochte?
„Have fun", sagte ich und rannte die Treppe hoch. Mir blieb noch genug Zeit, um mich zu verkleiden. Im Schlafzimmer meiner Eltern fand ich alles, was ich dazu brauchte. Mami besaß jede Menge bunter Sommerkleider, die ich hochgradig altmodisch fand. Eins davon war ihr schon seit Jahren zu eng, sie hob es aber trotzdem auf, weil sie hoffte, eines Tages doch wieder reinzupassen.
Ich schälte mich aus meinen Klamotten und knöpfte mich in das Kleid. Da, wo ein üppiger Busen sein sollte, warf es traurige Falten. Also nahm ich noch einen Seidenschal und legte ihn so um den Hals, dass seine Enden diese Problemzone verdeckten.
Als Nächstes brauchte ich eine Perücke. Mami hatte jede Menge davon, die sie bei verschiedenen Operninszenierungen getragen hatte. Ich wählte eine mit langen schwarzen Haaren und sah damit fast ein bisschen wie Annika aus. Zuletzt puderte ich mir die Nase, legte Annikas Lippenstift auf und verbarg meine Augen hinter

einer Sonnenbrille. Ich erkannte mich im Spiegel absolut nicht wieder.
Mein Rucksack passte natürlich nicht zu dem Outfit, also nahm ich eine von Mamis Handtaschen, um Handy, Geldbörse und Ginas Liste zu verstauen. Nur die Turnschuhe musste ich anlassen, weil Mamis Schuhe mir zwei Nummern zu groß waren.
Ich wartete den richtigen Zeitpunkt ab, um mich ungesehen aus dem Haus zu schleichen. Durch das Schlafzimmerfenster sah ich Ronny und Sven durch den Garten toben. Aus Toms Zimmer hörte ich Schnarchen. Opa rief kurz darauf: „I'm leaving now. Has anybody changed their mind and wants to come along?" Als er keine Antwort bekam, hörte ich ihn noch sagen: „You have no idea what you're missing." Dann schlug er die Haustür hinter sich zu.
Auf Papis Wecker war es kurz nach halb, als Chris sich auf den Weg zu seiner Verabredung machte. Mit hämmerndem Herzen schlich ich hinterher.

She's MORE like a boy ...

Ich ging einen Umweg, denn ich wusste ja, wo ich Chris finden würde. Ich war noch zwei Kreuzungen vom Café Carluccio entfernt, da kam Chris plötzlich zielstrebig auf mich zu, den Plan in der Hand.
Ich riss die Augen auf und erwog blitzschnell alle Fluchtmöglichkeiten, aber da war es schon zu spät und er

stand vor mir. „Excuse me, please", sagte er und schenkte mir sein bezauberndstes Lächeln. „Do you speak English?"
„Pfffff", atmete ich hörbar aus. Er hielt mich einfach für eine Passantin.
„Yes, a little", sagte ich mit gekünsteltem deutschen Akzent und etwas tieferer Stimme.
„Could you tell me how I get to this street corner?", fragte er und tippte mit dem Finger auf den Stadtplan. Ich tat so, als würde ich den Plan genau studieren, dann sagte ich: „I'm on my way there, too. There's a nice café there."

coincidence Zufall

„That's exactly where I'm going. What a **coincidence**."
Wir gingen nebeneinander her. Ich kam mir einerseits unheimlich raffiniert vor, weil ich so toll verkleidet war, andererseits unglaublich bescheuert, weil ich so leichtsinnig war. Was, wenn er mich auf eine Tasse Kaffee einlud und mich mit seinen ein oder zwei Freunden bekannt machen wollte? Was, wenn Wolken sich vor die Sonne schoben, und ich die Sonnenbrille abnehmen musste, um nicht verdächtig zu wirken? Was, wenn ich vergaß, mit deutschem Akzent zu sprechen?
Die ganzen Sorgen hätte ich mir sparen können. Wirklich attraktiv sah ich in dem Kleid meiner Mutter ja sowieso nicht aus, warum hätte er mich also seinen Freunden vorstellen wollen? Kaum waren wir am Café angelangt, sagte er: „Thanks for showing me the way", und suchte sich einen Platz im Freien unter einem Sonnenschirm.
Direkt hinter ihm stand gerade ein älteres Ehepaar auf. Ich ergatterte mir diese optimale Beobachtungsposition und bestellte eine Cola.

Chris konnte keine Minute still sitzen. Immer wieder stand er auf und sah suchend die beiden Straßen rauf und runter. Das mussten ja wirklich ganz besonders tolle Freunde sein, so sehnsüchtig, wie er sie erwartete. Vielleicht Schulfreunde aus England, die hier Urlaub machten.
Endlich rief jemand: „Chris!“, dann raste eine junge Frau auf ihn zu und warf sich in seine Arme. Und wie sie sich warf! Als wären sie beide gerade von verschiedenen einsamen Inseln gerettet worden. „Oh, Chris, I missed you so much.“
„Darling, I missed you, too. I missed you like crazy.“
Darling? Irre. Chris' Freundin hieß genau wie eine von Annikas Spinnen.
Moment mal. Freundin? Da machte es bei mir erst „klick“. Bei den beiden machte es inzwischen „schmatz“ und „knutsch“, denn sie küssten sich so wild, als wollten sie sich ineinander verbeißen. Wie ich diese hemmungslose Küsserei fragebogenmäßig einzustufen hatte, war mir nicht ganz klar. Aber hatte sich die Sache mit Ginas Liste nicht sowieso erledigt? Chris war schließlich schon vergeben.
Atemlos ließen Chris und Darling voneinander ab – jedenfalls teilweise, an den Händen blieben sie fest miteinander verwachsen – und setzten sich.
Wenn ich nicht noch auf meine Cola gewartet hätte, wäre ich jetzt gegangen, aber so war ich gezwungen, mir ihr Geturtel weiter anzuhören.
„Juliet, **sweetheart**, the three weeks without you were hell.“
Darling war also doch nicht ihr Name, son-

sweetheart Schatz

dern Juliet. Das machte die Sache für Annika leider auch nicht besser.
„You're the sweetest boy in the world", hauchte Juliet. „I don't think any other guy would have done what you have done for me. Looking for an au pair job in the same town, just to be near me! I couldn't believe it when you told me about your crazy plan."
„I'd do anything for you, you know that."
Was für ein Gesülze! Das gab die volle Punktzahl bei so ziemlich sämtlichen Fragen auf Ginas Liste. Und hatte ich das richtig verstanden? Chris hatte sich extra hierher beworben, weil er in der Nähe seiner Freundin bleiben wollte?
„Tell me about your **host family**", bat Juliet, die gerade einen Eisbecher serviert bekam und mit ihrer freien Hand zu essen anfing.
Sag jetzt nichts Falsches, dachte ich grimmig. Wenn er über uns lästerte, würde ich aufstehen und ihm meine Cola über den Kopf schütten.
„I was lucky. They're very nice."
„But four kids must mean a lot of work. My family only has two children, but the little devils keep me busy all day."
Chris führte Juliets Hand an seinen Mund und küsste sie. „Two of the kids are already **pretty much grown up**, so they're no problem. And the two younger boys are very **smart**."
Smart? Sprach er wirklich von Ronny und Sven?
„But **adolescent** kids can be especially problematic."
Juliet lachte. „I know I was!"

host family Gastfamilie
pretty much ziemlich
grown up erwachsen
smart klug
adolescent heranwachsend

„Nike, the girl, is fourteen and she isn't problematic at all. In fact she's got a great sense of humour."
Gut, dass ich mir die Nase so ausgiebig gepudert hatte, sonst wäre meine Tarnung jetzt aufgeflogen.
„And then there's Tom", fuhr Chris fort. „He spends most of the time asleep. I've hardly seen him. But the best of all is the kids' grandpa. They call him Opa Lila. Lila means purple. He's a funny old **chap**. He **dresses** like a punk and **dyes** his hair."
„Let me guess. He dyes it purple."
„Wrong, darling – green! He's so cool."
Juliet fütterte Chris mit Eis, dann küssten sie sich wieder. Ich hatte genug gesehen und gehört. Annika musste ich wohl etwas Liebeskummer bereiten, aber Gina würde bestimmt einen neuen Jungen zum Anschmachten für sie auftreiben, jetzt wo sie schon mal auf den Geschmack gekommen war. Am besten einen ihrer Ex-Freunde, der war dann schon getestet und ich war aus dem Schneider. Ich wollte gerade aufstehen, da hörte ich eine bekannte Stimme: die von Marco. Ob er mich trotz meiner Verkleidung erkennen würde? Ich hielt mir sicherheitshalber die Speisekarte vors Gesicht.
„Hey, Chris", rief Marco.
„Hi, Marco." Das war Chris. „Come and join us. Meet my friend Juliet. Juliet, this is Marco. He's a friend of Tom's."
Ich hörte Juliet kichern. „That's **Sleeping Beauty**, right?"
Marco lachte mit. Er hatte ein nettes Lachen. Komisch, dass mir das jetzt erst auffiel, wo ich ihn doch schon eine Ewigkeit kannte. „Hi, Juliet. This is my aunt Hella."

chap Kerl
to dress sich kleiden
to dye färben
Sleeping Beauty Dornröschen

Ich linste über den Rand der Speisekarte. Marcos Tante Hella war fast so schrill wie Opa Lila. Marco und ich hatten mal gedacht, wir könnten die beiden miteinander verkuppeln, aber Hella fand, ein Nichtsnutz im Leben wäre genug gewesen. Und da ihr Ex sich nun mit einer jüngeren Frau vergnügte, war das Thema für sie abgehakt. Sie genoss lieber ihre Freiheit, nahm Bauchtanzunterricht und verdiente sich ihren Lebensunterhalt mit „Spiritueller Lebensberatung".

Marco erklärte Hella, „Chris is the au pair I told you about."

„Did you come from London to meet Chris?", fragte Hella Juliet.

Juliet streichelte Chris' Hand, während sie Hella antwortete. „No, it's **the other way round**. I work here as an au pair. Chris came to work here, too, so he could be near me."

„What a **sacrifice**", staunte Hella.

„Oh, it's no sacrifice at all", versicherte Chris. „I really like it here. The weather is nice, the people are friendly, and the family I'm with is a lot of fun. Do you know Opa Lila?"

Hella rollte die Augen. „**I certainly do**. The family hasn't been the same since he **moved in** with them last year. He's **completely** gaga."

„But so are you", meinte Marco.

Ich hatte gerade einen Schluck Cola genommen und prustete ihn prompt über den ganzen Tisch. Ein paar Tropfen sprühten Chris in den Nacken. Er drehte sich um. „Did you **choke** on something? Can I help you?"

the other way round andersrum
sacrifice Opfer
I certainly do. Aber sicher.
to move in einziehen
completely komplett
to choke sich verschlucken

Ich hustete und schüttelte gleichzeitig den Kopf, was mich so sehr beanspruchte, dass ich erst im letzten Moment bemerkte, wie mir die Perücke seitlich vom Kopf rutschte. Ich hielt sie mit beiden Händen fest und wartete, bis sich alle Blicke wieder von mir abgewendet hatten. Es wäre wirklich das Allergescheiteste, jetzt zu gehen, sagte ich mir. Aber als sich meine Ohren wieder in die Unterhaltung vor mir einschalteten, hörte ich meinen Namen.

„Nike and Marco grew up like brother and sister“, sagte Hella gerade.

Wie kam sie denn darauf? Als ob ich nicht schon genug Brüder hätte! Marco war einfach nur ein Kumpel. Netter als Tom und auch vielseitiger zu gebrauchen, klar, und genau deswegen alles andere als ein Bruder.

„I often went to baby-sit Tom and Nike when they were **toddlers**“, fuhr Hella fort. „Sometimes I took Marco along. He was such a shy boy back then, **though** it's hard to believe. He even **refused** to go to kindergarten.“

„Oh, Hella, do you have to tell them about it?“, flehte Marco.

„I refused to go to kindergarten, too“, sagte Juliet. „I was **awfully** scared of other kids.“

„I was awfully scared of Nike“, sagte Marco.

Alle lachten.

„Yeah, she's more like a boy than a girl“, bestätigte Chris. „She's very **skinny** and she can throw Marco halfway across the room.“

Marco wirkte etwas in seiner Ehre gekränkt. „Nike is more dangerous than all

toddlers Kleinkinder
though obwohl
to refuse sich weigern
awfully schrecklich
skinny dünn

her brothers **rolled into one**. But I've learned to **defend** myself now."

Ich war entsetzt. Nicht nur, dass ich laut Annika Brüder-geschädigt war, ich schien allmählich selbst zu einem Jungen zu mutieren.

rolled into one
in einem
to defend oneself
sich verteidigen

Waschküchen-ROMANTIK

Ich wusste nicht mehr, wie ich heimgefunden hatte. Vor meinen Augen zuckten Blitze.

She's more like a boy. Pah. Bloß, weil ich nicht so eine Kichersuse war wie Gina oder so ein Püppchen wie Juliet. *She's more dangerous than all her brothers rolled into one.* War es etwa meine Schuld, dass Tom, Ronny und Sven solche Memmen waren?

Ich hatte immer gedacht, meine rote Nase wäre meine empfindlichste Stelle, aber jetzt wusste ich es besser. Ich erinnerte mich, wie ich mal dem Postboten geöffnet hatte, als ich acht war, und den Empfang eines Päckchens quittieren sollte. Der hatte mich doch glatt gefragt: „Na, mein Junge, kannst du schon schreiben?" Ich war tagelang beleidigt gewesen, weil er mich für ein Kindergartenkind und obendrein noch für einen Jungen gehalten hatte. So eine Frechheit!

Und all die Jahre hatte ich geglaubt, Marco hielte mich für ein tolles Mädchen, weil ich Fußball spielen konnte und an der Kletterwand schneller war als er. Mehr noch:

Ich war der festen Überzeugung gewesen, Marco wäre mit ins Aikido gegangen, weil er so gern mit mir zusammen war. Dabei tat er es, um sich besser gegen mich wehren zu können. Unfassbar, wie man sich in einem Menschen täuschen konnte.
Und das Eisbärchen mit dem Herz, das er mir geschenkt hatte? Von wegen verliebt in mich! Wie war Cathy nur auf so eine bescheuerte Idee gekommen? In mich würde sich nie ein Junge verlieben. Ich würde einsam alt werden und auf meinem Grabstein würde stehen: „Hier ruht Nike Klapdor, die nie geküsst wurde, aber noch mit 90 jeden umwarf, der sich ihr in den Weg stellte."
Au Schande! Ich dachte ja schon wie Annika. Ob ich mir auch die Haare schwarz färben und mein Zimmer in eine Gruft verwandeln sollte?
Ich war daheim angekommen und wollte gerade aufschließen, da stand plötzlich Annika neben mir. Auch das noch! Ich drückte mir die Sonnenbrille fester ins Gesicht und schloss auf.
Annika sah mich mit gerunzelter Stirn an. „Ich will zu Nike. Kann ich mit reinkommen?"
Irre, sie erkannte mich nicht. „Isch geh schie holen", nuschelte ich und verschwand die Treppe hoch. Aus dem großen Badezimmer hörte ich ein Brummen. Ob Tom mal wieder versuchte, seinen Bartwuchs anzuregen, indem er seine babyglatten Wangen rasierte? Ich ging ins kleinere Bad, riss mir den albernen Fetzen vom Leib, sprang unter die Dusche und kühlte mein Gesicht mit einem eisigen Wasserstrahl.
Als ich ins Wohnzimmer kam, klebten meine Haare patschenass am Kopf. Jetzt sah ich womöglich wirklich wie

ein Junge aus, aber darauf kam es auch nicht mehr an. Annika hockte auf der Couch, Sven und Ronny knieten vor dem Couchtisch und malten Spinnen.
„Deine Spinne hat neun Beine", sagte Sven zu Ronny.
„Das ist kein Bein, das ist ihr kulinarisches Geschlechtsteil."
„Das heißt maskulines Geschlechtsteil, du Doofkopf", verbesserte Sven.
Ich ließ mich aufs Sofa sinken. „Sagt doch einfach Pimmel." Dann scheuchte ich die Jungs raus, damit ich Annika in aller Ruhe die schlechte Nachricht überbringen konnte, dass Chris eine Freundin hatte.
„Was war denn das eben für eine komische Tussi?", fragte Annika und setzte sich neben mich.
„Och, das ist eine total bekloppte Bekannte von Opa Lila", flunkerte ich und merkte im nächsten Moment, dass ich damit einen entscheidenden Fehler gemacht hatte. Jetzt konnte ich ihr meine Verfolgungs- und Belauschaktion nicht mehr glaubwürdig auftischen. War vielleicht auch besser so. Annika sah nämlich total verändert aus. So strahlend hatte ich sie schon lange nicht mehr gesehen. Sie hatte hellrosa Lippenstift aufgetragen und trug ein pinkfarbenes T-Shirt, das ihr vor einem Jahr noch ganz gut gepasst hatte. Jetzt saß es etwas eng, machte sich aber wirklich sexy. Annika sah, im Gegensatz zu mir, wie ein richtiges Mädchen aus. Ich seufzte.
„Was ist denn?"
Ich konnte ihr unmöglich erzählen, dass ihr Schwarm bereits in festen Händen war, gerade jetzt, wo sie endlich wieder etwas Lebensfreude zeigte. „Ich glaub, ich krieg meine Tage." Die zweite Lüge.

„Ach so. Wo ist denn Chris?“
„Weiß nicht.“ Lüge Nummer 3. Man gewöhnt sich an alles. „Meinst du, ich sollte mir Extensions in die Haare machen lassen?“
„Ist doch unpraktisch für dich, wo du so viel Sport treibst.“
„Aber ich sehe aus wie ein Junge.“
„Quatsch. Außerdem will dein Opa dann bestimmt auch welche.“
Ich lachte trotz meiner miesen Laune, als ich mir vorstellte, wie Opa Lila einer entsetzten Friseuse erklärte, dass er seine schütteren grünen Haare verlängern lassen wollte.
Im Flur erscholl plötzlich lautes Singen. „On the twelfth day of Christmas, my true love gave to me ...“
Wer im Hochsommer Weihnachtslieder sang, musste wirklich schwer verliebt sein. Chris kam ins Wohnzimmer, eingehüllt von einer Aura aus guter Laune. „Oh, sorry, I hope I'm not interrupting. Hi Annika.“
„Not at all“, versicherte Annika schnell. „Look, Ronny and Sven drew spiders for me.“
„Cute. Shall I draw one for you, too?“
Ich war schockiert. Das würde bei Annika in ihrem benebelten Zustand glatt als Liebeserklärung durchgehen. Chris hockte sich an den Couchtisch, direkt zu Annikas Füßen, und zeichnete eine Spinne mit Glubschaugen und einem frechen Grinsen. „There you are.“
Annika bedankte sich überschwänglich. „I'm going to put it over the terrarium.“
Opa kam hereinspaziert. „Hi, kids. Look at me and tell me if you notice anything.“

Da, wo vorher dünne, grüne Fransen gewachsen waren, schimmerte jetzt die kahle, bleiche Kopfhaut. „You shaved your head." Das war also das Geräusch aus dem Bad gewesen.

„Right", sagte Opa. „What else?"

„You've got three piercings in your left **earlobe**", stellte Annika fest.

„Exactly, young lady. And **since** the green hair didn't go well with the earrings, I shaved it off. When it grows back, I'll try a different colour."

„I'm going to let the black grow out, too", sagte Annika, mehr zu Chris als zu Opa und mir. „I'm actually a natural blonde. I was **depressed** for a while, so I dyed it black. It was a stupid thing to do. I hope it won't take too long to grow out. Or should I have it dyed blonde?"

„Better not", riet Chris. „Juliet dyed her light brown hair dark red two years ago, and when she wanted to get rid of the colour and had her hair dyed blonde, it turned a terrible orange."

„Is Juliet your sister?", fragte Annika scheinbar unbekümmert.

Ich hielt den Atem an. Ihre bisherigen Depressionen waren nichts gegen das, was gleich kam, wenn Chris von seiner Freundin erzählte.

Aber er wich der Frage aus. „I don't have any sisters. I'm an **only child**."

„I'm an only child, too." So wie Annika es sagte, klang es, als hätten sie etwas Magisches und Geheimnisvolles gemeinsam.

Opa Lila sagte zu Chris: „You've got to do the laundry. I've **run out of** T-shirts."

earlobe Ohrläppchen
since weil
depressed deprimiert
only child Einzelkind
to run out of sth etwas nicht mehr haben

Chris sah zerknirscht aus. „I must **admit** I've never done laundry before."
„I'll help you", bot Annika sofort an.
Da ich wusste, dass Annika vom Wäschewaschen ebenfalls herzlich wenig Ahnung hatte, folgte ich den beiden in die Waschküche. Mir war sowieso nicht wohl bei dem Gedanken, dass sie im Keller miteinander allein waren. Wer weiß zu was für Liebesschwüren und anderen Peinlichkeiten sich Annika hinreißen ließ.
„Oh my God, the laundry basket is **overflowing**", stellte Chris fest.
Annika schaute hilflos drein. „I think we should **sort** everything by colour."
„No, sort it by **fabric** first, then by light and dark colours", erklärte ich.
„Ah, that **makes sense**." Chris zupfte eine Unterhose aus dem Korb und warf sie auf den Boden. „First **pile**."
Annika zupfte und verteilte mit, bis sechs Wäscheberge um sie herum aufgetürmt waren. Sie sah dabei so glücklich aus, dass ich anfing, an ihrem Verstand zu zweifeln. Machte die Liebe einen wirklich so wuschig, dass man sich wie im Paradies vorkam, während man die dreckige Wäsche anderer Leute sortierte? Und war das nun gut oder schlecht, wenn man so den Realitätssinn verlor?
„What next?", fragte Chris.
„You have to put one of the piles into the **washing machine**", sagte ich.
„OK. Which is the one with Grandpa's T-shirts?"
„That one."

to admit zugeben
to overflow überquellen
to sort sortieren
fabric Stoff
to make sense Sinn ergeben
pile Haufen
washing machine Waschmaschine

Chris beförderte die Shirts in die Maschine und schloss das Bullauge.
„Leave the rest to me“, sagte ich. „It's going to take forever to explain how the machine works and which programme to use for what kind of fabric.“
„But we did a great sorting job, didn't we?“ Annika strahlte Chris an und der lächelte hemmungslos zurück. Flirtete er gern oder war ihm gar nicht bewusst, welche Wirkung er auf manche Mädchen hatte?
Ich musste Annika irgendwie retten, ich wusste bloß noch nicht wie.

LOVE is in the air

„Müsstest du dich nicht langsam fürs Aikido fertig machen?“, fragte Papi, der von der Arbeit kam, als Annika gerade ging. „Marco erwartet dich bestimmt schon sehnsüchtig.“
Solche Sachen sagte er oft und bisher hatte es mich nie gestört, aber jetzt gab es mir einen richtigen Stich. „Von wegen sehnsüchtig“, meinte ich patzig. „Überhaupt habe ich heute keine Lust hinzugehen.“ Die Freude am Zusammensein mit Marco war mir gründlich vergällt. Sollte er sich doch von anderen Mädchen „halfway across the room“ schleudern lassen, wie Chris das so unschmeichelhaft formuliert hatte. Es klang gerade so, als wäre ich ein Riesenweib mit Pfoten wie ein Gorilla. Dabei war ich einfach nur schlank, drahtig und durchtrainiert.
„Hattet ihr etwa Zoff?“, fragte Papi.

„Der traut sich doch gar nicht, mit mir Zoff anzufangen."
„Oh, das klingt aber sehr nach verletztem Stolz."
Volltreffer, dachte ich. Um mir weitere lästige Fragen zu ersparen, machte ich mich fürs Training fertig. Mich auszutoben fand ich dann doch besser, als grübelnd daheim herumzuhängen.
Marco wartete wie üblich vor dem Dojo auf mich. Ich hätte ihm gern ein paar Unfreundlichkeiten an den Kopf geknallt, aber er war nicht allein, sondern hatte Juliet dabei. Mir fiel gerade noch rechtzeitig ein, dass ich so tun musste, als ob ich sie das erste Mal sah.
„Nike, this is Juliet. She's Chris' girlfriend", erklärte Marco. „Quite a surprise, huh? I met both of them this afternoon."
Juliets Lächeln war so ansteckend, dass meine schlechte Laune davonsegelte wie eine Schwalbe im Aufwind. „Hi, Nike." Sie umarmte mich, als würden wir uns schon ewig kennen. Es hatte etwas Entwaffnendes. „Marco told me lots of great things about you. That's why I came along to meet you and watch you do your martial arts. I hope that's allowed."
Ich war total überrumpelt. Marco hatte ihr viele nette Dinge über mich erzählt? Was, bitte schön, war denn nett daran, dass er als kleiner Junge vor mir Angst gehabt hatte?
„Nice to meet you", sagte ich, das war am unverfänglichsten und genau genommen das Einzige, was mir spontan einfiel. „Sure, people are always welcome to watch in our dojo."
Heute trainierten wir mit dem Langstock. Ich war nicht so konzentriert bei der Sache wie sonst, weil ich immer

wieder zu Marco rübersah. Ich hätte gern etwas mit mehr Körperkontakt gemacht, um ihm zu zeigen, dass er durchaus immer noch Grund hatte, mich zu fürchten.
Nach dem Training musste Juliet warten, bis wir geduscht und uns umgezogen hatten. Wir trafen uns alle vor dem Eingang wieder.
Marco verkündete: „Hella invited us for dinner. I hope you can both come."
„Sure, it's my **evening off**", sagte Juliet. „I work as an au pair, too", meinte sie erklärend zu mir.
Ich nickte ganz unschuldig und nahm mir vor, nie wieder jemanden zu belauschen, weil man sich dabei total doof und unfair vorkam und später dann auch noch ständig aufpassen musste, sich nicht zu verplappern.

evening off freier Abend
props Requisiten
spices Gewürze

Auf dem Weg zu Hella rief ich mit meinem Handy Papi an, um ihm zu sagen, dass es spät werden würde. Er wünschte mir viel Spaß.
„Hella's parties are something special", sagte ich zu Juliet. „She turns every invitation into a big event. She loves decorating the table in imaginative ways. She has all the **props**. And her cooking is always good for a surprise. She's been practically everywhere in the world and she uses **spices** we've never even heard of in Europe."
„I met her this afternoon", sagte Juliet. „She and Marco both joined us at the café. So what's so special about her events?"
„She always chooses a theme", sagte Marco. Dabei grinste er mich so frech an, dass ich ahnte, was jetzt kommen würde. Ich überlegte, ob ich nach ihm treten

sollte, aber ich war sogar zu sauer auf ihn, um mich mit ihm zu kloppen. „Last summer, **for instance**, she invited Nike's and my family and we had a big **fertility** party." Er hatte immerhin den Anstand, ein klein wenig rot zu werden, aber nicht annähernd so wie meine Nase. „For Nike", fügte er hinzu.

„But she's too young to have kids", meinte Juliet verständnislos.

„No, it was to celebrate the fact that I'd had my first period", erklärte ich. Hella hatte gemeint, dass alle alten Kulturen Fruchtbarkeitsrituale durchgeführt hätten, warum also nicht auch wir modernen Menschen? Ich hatte das teils peinlich, teils faszinierend gefunden.

„Wasn't that awfully embarrassing for you?", fragte mich Juliet. „I don't think I would have liked to celebrate my first period, especially with all the **cramps** and stuff."

„Yes, I felt pretty **awkward**. I'm lucky, though; I never have cramps or any other problems. Hella says **either** I have lucky genes, or it's because I'm so sporty, or it's due to the positive energy **constantly flowing** through my body thanks to her fertility party."

Juliets Augen leuchteten. „Do you think it's too late for me, since my first period was five years ago, or could I ask her to do a fertility ritual for me?"

„Knowing Hella", sagte Marco, „she'd be **delighted** to do one for you."

Als wir um die Ecke bogen, sahen wir bereits Hellas kleines, gemütliches Haus, das in einer ruhigen Gegend mit

for instance zum Beispiel
fertility Fruchtbarkeit
cramps Krämpfe
awkward verlegen; unbeholfen
either entweder
constantly ständig
to flow fließen
delighted entzückt

breiten Alleen lag. Aus den Fenstern von Hellas Wohnzimmer schimmerte rotes Licht. „God, I hope it's not a party to celebrate my nose."
Hinter mir hörte ich jemanden schallend lachen. Es war Chris, der mit einem riesigen Strauß Rosen bewaffnet aufgetaucht war.
„Didn't I tell you Nike's got a great sense of humour?", sagte er zu Juliet, bevor er sie so heftig küsste, dass ich gar nicht wusste, wo ich hinsehen sollte. Marco machte es sich einfach, er betrachtete ausgiebig seine Schuhspitzen.
Juliet schnupperte an den Rosen. „Are those for me?"
„No, for our **hostess**."
„Oh, great, you're invited, too", fiel bei Juliet der Groschen. „Wonderful. I already love Hella's party."
Die Haustür wurde geöffnet. Hella, die aussah wie das blühende Leben, stand im milden Abendlicht. Sie trug ein rotes Kleid, Herz-Ohrringe, eine Kette mit einem Kussmund und eine Brosche, die den Liebesgott Amor darstellte.
„Love is in the air", rief sie mit ausgebreiteten Armen.
„Is this the theme of your party?", fragte ich, erleichtert, dass es diesmal nichts mit mir zu tun hatte.
„**Indeed** it is. Thank you for the lovely flowers, Chris."
Sie hatte das Wohnzimmer und den Esstisch mit allem aus ihrem Fundus dekoriert, was Herzchen, Rosen oder andere „liebliche" Motive hatte. Ein Rausch aus Rot, Rosa und Orange. Kuschelrock klang aus dem CD-Player.
Juliet und Chris konnten anscheinend nicht anders, sie mussten sich sofort

hostess Gastgeberin
indeed tatsächlich

wieder küssen. Um mir diesen peinlichen Anblick zu ersparen, ging ich in die Küche. Auf dem Herd blubberte Tomatencremesuppe. Im Backofen schmorte ein Kartoffel-Lachs-Auflauf, und im Kühlschrank warteten fünf Schalen mit Erdbeeren und ein großer Becher Schlagsahne.

Hella drapierte die Rosen in einer Vase, die sie auf dem Sideboard zwischen einem Bilderrahmen in Herzform und eine rote Kerze stellte. Dann brachte sie die Suppe in einer Terrine zu Tisch. Es waren tatsächlich Herzchen auf dem Porzellan!

„Where do you always get **such amazing** things?“, fragte ich.

„I used to go round **flea markets**, but **recently** I **discovered** Ebay.“ Sie schöpfte Suppe in die Teller. „Where did the two of you meet?“, wollte sie von Chris und Juliet wissen.

„At school“, sagte er.

„He protected me“, fügte sie hinzu. „I was very shy and **insecure**. I was **bullied** all the time. There were two boys in my year who made my life hell. Then Chris came to our school and decided to look after me. He really saved me.“ Sie lächelte mich an. „You know, Nike, I **admire** girls who're as strong as you are. I bet you never get bullied. I wish I was like that. It would have made my life a lot easier.“

„Sure, I can protect myself, but it has its **downside**“, wandte ich ein. „The boys think of me as one of them because

such solche
amazing erstaunlich
flea markets Flohmärkte
recently vor kurzem
to discover entdecken
insecure unsicher
to be bullied schikaniert werden
to admire bewundern
downside Kehrseite

I play their games. Some of them are even scared of me.“
Marco, der mir gegenüber saß, zuckte merklich zusammen.
„I'd love to scare a boy, just for a change“, sagte Juliet.
„I'd love to be protected, just for a change“, sagte ich.
Juliet grinste. „Your parents must have known you'd turn out strong and **self-confident**, that's why they called you Nike.“
Ich glaubte zu verstehen, wie sie das meinte. „My brothers were lucky my parents didn't follow the same **pattern** with them, or instead of Tom, Sven and Ronny they'd be called Puma, Adidas and Reebok.“ Chris verschwand vor Lachen fast unter dem Tisch. Hella verschluckte sich an der Tomatensuppe und griff hustend und kichernd nach einer Serviette. Was hatte ich denn jetzt schon wieder gesagt?
„Yes, I know, it's **pronounced** differently“, versuchte ich, die Blamage etwas abzumildern. „The sport shoes are pronounced Nai-Kie. But it's spelled the same way. I think my parents wanted me to be a sporty girl.“
„Oh, Nike“, sagte Hella, nachdem sie sich den Mund abgetupft hatte. „You really thought that? But that's complete **nonsense**. Your parents named you after the **goddess of victory**.“
„No, that's not right. The goddess of victory is called Victoria“, meinte Marco.
„That's the Roman goddess of victory“, erklärte Hella. „Nike is her **Greek counterpart**.“

self-confident selbstbewusst
pattern Muster
to pronounce aussprechen
nonsense Unsinn
goddess of victory Siegesgöttin
Greek counterpart griechische Entsprechung

Ich fühlte mich plötzlich einen Meter größer. Ich war nach einer Siegesgöttin benannt worden! Das fand ich doch gleich um einiges besser, als wie irgendwelche Laufschuhe zu heißen, und wenn sie noch so teuer waren. „The name **suits you**", sagte Juliet. „You'll always be a winner."

„Especially as a comedian", gab Chris seinen Senf dazu. Hella trug die Suppenteller ab und servierte den Auflauf. Juliet interessierte sich immer noch brennend dafür, wie man unbesiegbar wurde. „Isn't it pretty **exhausting** to fight all the time?"

„I **hardly ever** get into fights", sagte ich. „I don't have to, because everybody knows they **don't stand a chance** against me. It's the best way to **lead** a **peaceful** life."

„I see. But you had to show off your **self-defence** techniques at least once **to get the point across**."

Marco zerteilte den Auflauf auf seinem Teller, damit er etwas abkühlte. Durch die aufsteigenden Dampfschwaden sah ich ihn grinsen. „Believe me, she did get the point across. I was a **witness**. It was the talk of the school. Can I tell them?", fragte er mich.

Ich pustete auf ein Lachsstückchen auf meiner Gabel. „**Go ahead.**"

„When I was in year five, all the kids in my class got bullied by a guy from year seven. He called himself Rambo. He kept stealing things from us and running after the girls and trying to **lift** their tops or T-

suits you passt zu dir
exhausting anstrengend
hardly ever fast nie
to (not) stand a chance (k)eine Chance haben
to lead führen
peaceful friedlich
self-defence Selbstverteidigung
to get the point across seinen Standpunkt klar machen
witness Zeuge
Go ahead. Nur zu.
to lift hochheben

shirts. I remember on my first day in year six I felt really sorry for the new kids in year five, because now they would be his targets. One of them was Nike."

Er blinzelte mir zu. Mir wurde ganz heiß, was natürlich auch daran liegen konnte, dass ich mir gerade an einer Kartoffel die Lippen verbrannt hatte.

Juliet lauschte gebannt, als Marco mit dramatisch gesenkter Stimme weitererzählte. „It happened right on the first day after the summer holidays. I saw Nike in the school playground. She was about to take a **bite** from an apple. Along came Rambo and **snatched** the apple from her. He held his hand up high and gave her this **wicked look**."

Daran erinnerte ich mich noch lebhaft. Der Kerl hatte mich um mehr als einen Kopf überragt und der Apfel war plötzlich in weiter Ferne entschwunden. Ich war damals nah daran gewesen, die Sache auf sich beruhen zu lassen und einfach wegzugehen. Sollte er doch mit meinem Apfel glücklich werden. Aber dann hatte Rambo einen entscheidenden Fehler gemacht.

„For a second or two", fuhr Marco fort, „Nike just stood there and looked at the apple, high up in Rambo's hand. Then he said something that must have really **got to her**. He knew Nike's brother Tom was in year six, so he laughed at her and said: ‚Well, little baby, why don't you run and get your big brother to help you?' After that, everything happened very quickly. Nike took a step back, jumped at Rambo and climbed up him like a monkey climbing a tree. She took the apple from his hand, jumped

bite Bissen
to snatch schnappen
wicked böse
look Blick
to get to sb jdn mit etwas treffen

down again, took a big bite and said, **chewing and spitting** apple juice: ‚Actually I think I prefer free-climbing, it's more fun than running.' And then she turned on her heel and walked off without looking back. Rambo just stood there frozen in his **ridiculous** position, **aware** that he'd just made a fool of himself. Everybody was **howling** with laughter."

Juliet applaudierte ebenfalls. „I bet Rambo **gave you a wide berth** after that."

„Can't remember ever seeing his **ugly** face again", bestätigte ich.

Hella wechselte das Thema. „How come you decided to work as an au pair?", fragte sie Juliet. „Wouldn't you have preferred to stay in London with Chris?"

„Yes, of course, but my parents insisted I do this au pair thing. I was very unhappy about it."

„They **forced** you?", fragte ich entsetzt. Was manche Eltern sich alles erlaubten! „I'd never let my parents make such important decisions for me."

„See, that's what I mean about being born a winner or a loser", sagte Juliet. „But I'm **determined** to change. You'll be my **role model**."

„How can I be when you're at least five years older than me?"

„It's not age that matters, it's character."

„You could be right. Most people have **prominent character traits**. My brother Sven is a real **know-all**."

chewing and spitting kauend und spuckend
ridiculous lächerlich
to be aware sich bewusst sein
to howl brüllen
to give sb a wide berth einen großen Bogen um jdn machen
ugly hässlich
to force sb jdn zwingen
to be determined fest entschlossen sein
role model Vorbild
prominent markant
character traits Charakterzüge
know-all Besserwisser

„Tom is a **dreamer**", sagte Chris.
„I always thought he was just a **lazybones**", meinte ich und schaute Chris fragend an.
„I think he likes to sleep so much because he likes dreaming."
Konnte ja ganz interessant sein, die eigene Familie mal aus einer anderen Perspektive zu sehen. „What about Grandpa? I'd say he's completely crazy."
„He's only trying to **adapt**. He's **surrounded** by young people, so he's trying to be one of you."
„Still, that's better than being **apathetic**, which is how old people become in **retirement homes** where they have nothing interesting to adapt to", kommentierte Hella.
„That's so true", sagte Juliet. „I want to be like you when I'm old. I mean **middle-aged**", fügte sie hastig hinzu, um Hella nicht zu beleidigen.
Doch Hella hatte kein Problem mit ihrem Alter. Sie zwinkerte fröhlich in die Runde. „So you want to be like Nike and me. That's going to be an interesting combination."
Wir quatschten übers Altwerden und andere unverfängliche Themen, bis Chris, als wir bei den Erdbeeren angelangt waren, fragte: „Why is this a love-is-in-the-air party? Is it for Juliet and me?"
Hella holte mit dem Zeigefinger den Rest Sahne aus ihrer Schüssel. „Actually, this party is for Marco."
„Hella, please don't say anything now", zischte Marco.
„What's wrong with being in love? I think it's wonderful. I wish I was that young and still had all my illusions."

dreamer Träumer
lazybones Faulpelz
to adapt sich anpassen
to be surrounded umgeben sein
apathetic gleichgültig
retirement home Altenheim
middle-aged im mittleren Alter

Marco stand auf. „I think I have to go now."
„But wouldn't you like to –"
Weiter kam Hella nicht, da stürmte Marco davon, wie vor zehn Jahren, als ich ihn im Sandkasten mit der Schaufel bedroht hatte, weil er in eins meiner Förmchen gebissen hatte.

Da haben wir den SALAT

„I'm afraid I **tend** to forget how shy and awkward young people are when it comes to talking about their feelings", murmelte Hella, während wir ihr halfen, den Tisch abzuräumen.
„Who is Marco in love with?", fragte Juliet. Sie sah mich dabei viel sagend an. Ich bückte mich schnell und verstaute die Teller in der Spülmaschine.

to tend to do sth
zu etwas neigen

„I don't think I'm allowed to tell anyone", sagte Hella. „What a pity."
Ich glaubte zu fühlen, wie jede einzelne Erdbeere in meinem Magen Trampolin sprang. Marco war verliebt! Wir begleiteten erst Juliet nach Hause, dann trottete ich mit Chris heim. Chris schloss auf und stellte meine Sporttasche, die er für mich getragen hatte, im Flur ab.
„Good night, Nike. Sweet dreams."
Ich hätte ja gern etwas Süßes geträumt, aber an Schlaf war nicht zu denken. Ich wälzte mich eine Weile im Bett hin und her, dann gab ich es auf und setzte mich an meinen Schreibtisch.

Das Kinn auf eine Faust gestützt, sah ich in die laue Sommernacht hinaus. *Love is in the air.* Was ging nur mit mir vor? Ich musste die Situation analysieren. Warum nicht anhand von Ginas Liste? Ich kramte sowohl die Liste als auch mein Tagebuch raus. Seit ich in London gelebt hatte, führte ich es auf Englisch.

Gina gave me a list from one of the silly magazines I brought her from London. Amazing how things come back to you, isn't it?
I need to talk to someone about Marco. **Somehow** it's not the way it used to be.
But who can I talk to? Maybe Juliet? I could meet up with her, just the two of us. She's so nice, exactly like the sister I always wanted to have. And she says I'm her role model. How cool is that?!
At any rate, here are the questions from Gina's list.

somehow irgendwie
bad breath Mundgeruch

✻ Is he romantic?
I've no idea if Marco is romantic, but I don't care because I'm not a romantic girl. At least that's what Gina says about me, and she's an expert.
✻ He brushes his teeth ...
regularly, I think. At least he doesn't have **bad breath** or anything.
✻ He smells of ...
fresh air and soap, sometimes of sweat. But when we do sports together I don't exactly smell of roses, either. So I think it's okay.
✻ For your last date he arrived ...
I'm not sure if meeting in front of the dojo is a date, but

he's always right on time. That doesn't **necessarily** have anything to do with me, I think he just doesn't like to **keep people waiting**, which is a nice character trait, come to think of it.

✻ Do you like the way he kisses?

Will I ever find out?

✻ He touches you ...

He only touches me when we're fighting. I wonder what it would be like if he touched me gently.

✻ Does he flirt with other girls?

Nope, he doesn't flirt at all. Maybe he's **gay**? Yes, that could be the reason why he ran away from Hella's party when she wanted to talk about his first love.

✻ His body ...

is lean and fit. He's **definitely good-looking**. Why did I never notice before? I like his blue eyes, his smile, his .... hey, what's going on?

✻ When it comes to money ...

He invited me for an ice-cream once when our families went to the zoo together.

✻ The last gift he gave you ...

was a key fob: a polar bear with a heart.

✻ The music he listens to ...

is exactly the same music I like. We often swap our CDs.

✻ Is he polite?

He used to be shy, then he went through a **stage** of **rudeness**, followed by arrogance, but recently he's changed a lot. He's nice and friendly

necessarily unbedingt
to keep people waiting Leute warten lassen
nope nee
gay schwul
definitely definitiv
good-looking gut aussehend
stage Phase
rudeness Unhöflichkeit

and I'd even go as far as calling him polite. I think it's because he's more self-confident now. And then there is Hella's **influence**. She has a way of bringing out the best in everybody.
And what does all this **signify**? I'm afraid I really like him a lot. Worse. I **fancy** him.

Na also, da hatten wir den Salat. Nike, du bist verknallt bis über beide Ohren, dachte ich und schloss mein Tagebuch.

Three letters for NOTHING

Vor dem Schlafengehen rief ich noch meine E-Mails ab. Ich musste unbedingt wissen, ob Cathy mit Jamie wieder alles ins Lot gebracht hatte.

From: cathy@thewinstons.co.uk
To: nike@dieklapdors.de
Re: A letter for nothing

Hi Nike,
This morning I plucked up all my courage to explain yesterday's situation to Jamie, but it came out all wrong. I get so awfully **tongue-tied**, I'm the exact opposite of my mum. I'd **rehearsed** a wonderful **speech**. I planned to **intercept** Jamie in the school playground and say: „I'm

influence Einfluss
signify bedeuten
to fancy sb jdn. attraktiv finden
to be/get tongue-tied keinen Ton herausbringen
to rehearse einstudieren
speech Rede
to intercept abfangen

sorry if my mum shocked you yesterday. She wasn't referring to YOUR hair or eyes or lips, it's all to do with her job for an **advertising firm**. Can we meet again and talk about polar bears?" That's what I **had in mind**.
So much for theory.
First, **instead of ambling** over to him **casually** I **stumbled** right into him because someone pushed me from behind. By the time I'd **regained my balance**, I'd forgotten everything I wanted to say and just **spluttered**: „Oh, er, yes, er, about yesterday. It's not what it sounded like. My mum doesn't think your lips are like rose petals. Not at all."
Stupid or what?
Jamie's **mates** heard it and started **cracking jokes**. He shot me an angry look, shook his head and walked away.
During lunch break, I talked about it with Jenna and Mel. We were sitting at a corner table and we'd put our heads together so no one could **overhear** us. Melissa was all Wows and Woohoos when I told her Jamie had been round. I said, „Stop cheering, will you? It didn't exactly get off to a brilliant start." I told them what had happened.
Melissa: „The problem with parents is that you just can't control them."
Jenna: „But that's the **point** of being grown up."
Me: „If only they stopped ruining *our* lives, that would **go a long way**. There I

advertising firm Werbeagentur
to have in mind vorhaben
instead of statt
to amble schlendern
casually lässig
to stumble stolpern
to regain one's balance das Gleichgewicht wiederfinden
to splutter stottern
mate Kumpel
to crack jokes Witze reißen
overhear mitbekommen
point Sinn
to go a long way viel ausmachen

was, **snuggling up** to the cutest guy on earth, his **thigh** touching mine as we sat side by side on my narrow sofa. It could have been so romantic."

Melissa: „Well, at least your mum knows how to dress."

I think she's still not over the pink feather boa.

Me: „So what do I do about Jamie now? I have to explain the situation to him. I don't want him to think my mum was **chatting him up**."

Melissa: „You could tell him she's a **loony** and that when she forgets her **medication** she's not **responsible** for her actions."

Me: „That's not very attractive."

Jenna: „Tell him the truth. There's nothing wrong with being creative and imaginative. You should be **proud** of your mum."

Me: „What, you think he'll be **impressed**?"

Jenna and Mel: „Absolutely."

Me: „Right then, I'll give it a try."

I thought: **If all else fails**, I can still **strangle myself** with Mel's mum's feather boa.

During the next lesson, while Mrs Geneva, our science teacher, **enthused** about chemical reactions in all their **glory**, I **tore** a page from my **notebook** and started to **draft** my letter to Jamie. I was **laying it on thick**, but I told myself it was for a **good cause**.

to snuggle up sich anschmiegen
thigh Schenkel
to chat sb up jdn anbaggern
loony Irre/r
medication verordnete Medikamente
responsible verantwortlich
proud stolz
impressed beeindruckt
if all else fails wenn alle Stricke reißen
to strangle oneself sich erwürgen
to enthuse schwärmen
glory Herrlichkeit
to tear, tore, torn reißen
notebook Notizbuch
to draft entwerfen
to lay it on thick dick auftragen
good cause guter Zweck

Dear Jamie,
It was great that you came round. I really enjoyed showing you my polar bear scrapbooks.
You were probably a bit surprised, though, when my mum **stormed in** and said something **apparently** about your lips. If only you'd stayed to hear me explain.
No, my mum isn't crazy, far from it. She's a highly **successful** businesswoman, one of the best in her **trade**. Do you remember that campaign for tooth-paste for cats? „A **kitty** grin will always win." It was my mum who came up with that **stunning** line.
If you think I live in a **state** of **terminal** embarrassment because my mum is a **celebrity**, you're wrong – I **adore** her.

to storm in hereinstürmen
apparently anscheinend
successful erfolgreich
trade Geschäft
kitty Miezekatze
stunning toll
state Zustand
terminal *hier:* hoffnungslos
celebrity Prominente
to adore anbeten
matchmaker Kuppler(in)
relationship Beziehung
to cap it all um das Maß voll zu machen
pissed off sauer

At that point I stopped and wondered why I was enthusing like this. My letter sounded like I was trying to play **matchmaker** for Jamie and my mum. Where did our – Jamie's and my – **relationship** come into the picture? I tore up the page. This wouldn't do. I had to start all over again. And **to cap it all**, Mrs Geneva collected our notebooks to mark them. I hadn't copied a single line from the blackboard. What a mess! And all that because of Jamie. I was starting to feel pretty **pissed off**.
Talk to you later – Cathy

Danach hatte Cathy sicher im Chat noch eine Weile auf mich gewartet, aber ich war ja auf Hellas Party gewesen. Also hatte sie eine weitere E-Mail geschickt.

From: cathy@thewinstons.co.uk
To: nike@dieklapdors.de
Re: It's all over!

Nike, where are you? With Marco, I hope. ;-)
I'll tell you the rest of my exhausting day.
In the next lesson we had a maths test. I finished it **way before** everyone else, so I had ten minutes **to spare** and I gave my letter to Jamie **another go**. Instead of glorifying my mum I wanted to push myself into the **limelight** and make him believe I was the girl he'd always dreamed of.

Dear Jamie,
Sorry about this morning. What I was trying to tell you was: the reason why my mum seems to act **strangely** sometimes is that she works at home and needs a **sounding board** for her ideas. She's in advertising and she values my input.

That wasn't at all what I meant it to sound like. It sounded **pompous** instead of confident.
I was still **pondering** alternative phrases when Mr Trewin's shadow fell on my desk. „Instead of writing love letters,

way before lange vor
to spare übrig
another go noch ein Versuch
limelight Rampenlicht
strangely seltsam
sounding board Testperson
pompous wichtigtuerisch
to ponder sth über etwas grübeln

my dear
meine Liebe
Gosh! Mensch!
to scribble kritzeln
seriously ernsthaft
to make a laughing stock of sb jdn. zum Gespött machen
to nag sb
an jmd herumnörgeln
to get one's act together sich zusammenreißen
to mess up
verpfuschen
pride Stolz
to make fun of sich lustig machen über

my dear, you had better finish the test. Only two minutes to go."
„But I've already finished it."
Mr Trewin, who is a man of few words, simply turned over the sheet and two more questions appeared.
Me: „**Gosh**, I didn't see them. Sorry."
I started **scribbling** away like crazy, but it was too late. I had ruined my maths test. Goodbye perfect A :(((
And it was all Jamie's fault. Now I was **seriously** pissed off.
You see, I came across Jamie twice again today, but he made a point of ignoring me. Obviously he was scared I'd **make a laughing stock of him** in front of his mates again. Melissa and Jenna kept **nagging** me to **get my act together.** They said it couldn't be so difficult just to write a letter.
And now I'd **messed up** my maths test, just because I was trying to explain that my mum wasn't as crazy as she seemed. Where was my **pride**? Nobody had the right to **make fun of** my mum.
The more I thought about it, the more I worked myself into a rage. After the last lesson I scribbled another note. I was determined to get Jamie out of my mind.

Jamie,
Your sudden departure yesterday was extremely rude. Anyone with half a brain would have realized it wasn't you my mum was talking about.

*If you absolutely insist on **taking offence**, fine – please yourself. You can take a running jump too, **for all I care. It's over** between us.*
Cathy

to take offence Anstoß nehmen
for all I care von mir aus
it's over es ist vorbei
in a huff eingeschnappt
farewell note Abschiedsbrief
fist Faust
to hand geben
to have second thoughts es sich anders überlegen
queue Schlange
to catch up with einholen
anger Zorn
to forgive vergeben
No queue-jumping. Nicht vordrängeln.

I was still **in a huff** when I walked across the playground to the bus stop with the **farewell note** in my **fist**. I was determined to **hand** it to Jamie, but I had **second thoughts** the minute I saw him in the **queue**, surrounded by his mates. He's so gorgeous!!! I thought maybe there was a future for us, after all.
I hurried to **catch up with** him and called his name. He turned around and smiled, and all my **anger** went up in smoke. I was ready to **forgive** and forget, so I said: „Jamie, I'd like to explain why –"
Then someone grabbed me and growled „**No queue-jumping**." And then the bus arrived and Jamie disappeared.
So I walked off and dropped the letter in a bin.
I've no idea what to do about it all tomorrow. But I'm sure I'll dream of Jamie tonight.
Sleep tight,
Cathy

Ich ging schlafen und nahm mir ganz fest vor, von Marco zu träumen.

MITTWOCH

ERTAPPT beim Händchenhalten

Ich schleppte mich in die Schule, als wäre ich zwei Zentner schwer. Annika hüpfte um mich herum, wie ich sie seit unserer Kindergartenzeit nicht mehr hüpfen gesehen hatte. „Wie sorgfältig er die Socken behandelt hat", schwärmte sie.

„Was?"

„Na, Chris, gestern, beim Wäschesortieren. Er war ja so süß. Ich meine, die meisten würden eine dreckige Socke einfach nur hinpfeffern, aber er hat sogar jede einzelne angeschaut, ob sie umgedreht gehört."

„Toll", sagte ich ohne echte Begeisterung.

„Und die Unterhosen. Die –"

Ich hielt mir die Ohren zu. Als ich die Hände wieder wegnahm, sagte Annika gerade: „Das hatte so etwas Magisches."

Ich fragte lieber nicht nach, bei welchem Wäscheteil sie inzwischen angelangt war, sondern brummte nur.

„Sag mal, was ist eigentlich mit dir los?"

„Ach, nix."

„Ne, echt, kannst es mir ruhig sagen."

Stimmte eigentlich. Gestern Abend hatte ich ja überlegt, wem ich mich anvertrauen sollte. Wenn Annika schon fragte …

„Also, es ist wegen Marco. Ich weiß nicht so recht, wie ich …"

Ginas Kopf schob sich zwischen uns. „Was ist mit Marco?“
„Was soll mit ihm sein?“
Gina sah mich durchdringend an. „Da ist doch was im Busch. Du meinst bestimmt Marco Johannsen.“
„Ja.“
„Der in meine Klasse geht.“
„Ja.“
„Und der am Montag so ein geniales Referat über Eisbären gehalten hat.“
Ich beschränkte mich inzwischen aufs Nicken.
„Und der mit dir ins Aikido geht.“
Jetzt reichte es aber. Ich machte einen Ausfallschritt nach vorn, um Ginas Hand loszuwerden. Doch sie ließ nicht locker.
„Ich sehe da etwas in deinen Augen.“
„Ach, von hinten?“
Gina baute sich vor mir auf. „Läuft da was zwischen euch?“
„Gina, jetzt hör aber auf. Ich wollte Annika nur gerade erzählen, dass ich gestern nach dem Training noch mit Marco bei seiner Tante Hella Abendbrot gegessen habe.“
Während ich das sagte, kramte ich ein Taschentuch aus meinem Rucksack und tat so, als müsste ich mich schnäuzen, damit sie nicht sah, wie rot meine Nase wurde.
Gina legte den Kopf schief. „Tja, hat durchaus Qualitäten.“
„Hellas Abendessen?“
„Nein, du Dummie.“

Jetzt redete sie mit mir wie Sven mit Ronny. Ich ließ es ihr nur deswegen durchgehen, weil ich die Unterhaltung nicht unnötig in die Länge ziehen wollte.
„Ich meinte natürlich, Marco hat Qualitäten." Gina zwinkerte Annika verschwörerisch zu. „Ich komme nach der Schule bei dir vorbei. Viel Glück mit dem Brief."
„Tussi", sagte ich aus vollem Herzen, während sie zu ihrer Clique lief, die sich vor dem Schultor versammelt hatte. Bestimmt erfuhren jetzt alle brühwarm, dass da irgendetwas war zwischen Marco und mir.
„He, sie meint es doch nur nett." Annika hakte sich bei mir unter. „Also, was ist nun mit Marco?"
„Was meinte sie für einen Brief?", lenkte ich schnell ab. Solange Annika sich mit Gina verstand, konnte ich mich ihr nicht anvertrauen.
Annika stieß einen schmachtenden Laut aus. „Du wirst schon sehen."
In der großen Pause traf mich der Schlag. Gina stand nicht wie üblich bei ihrer Kicherclique, sondern bei den Jungs. Genau zwischen Tom und Marco. Und zwar wesentlich näher an Marco als an Tom. Sie griff sogar nach seiner Hand. Ich unterdrückte meinen Impuls, hinzurennen und sie mit Gewalt von ihm zu trennen. Ich musste mich ja nicht immer zur Lachnummer machen.

Bin ich hier der POSTBOTE?

Nach dem Mittagessen ging Chris einkaufen, Tom genehmigte sich ein Nickerchen, Ronny und Sven machten einen Malwettbewerb: Wer malt das abscheulichste Monster. Opa Lila fragte mich, was ich davon hielt, wenn er sich ein Katzengesicht auf den kahlen Hinterkopf tätowieren ließe. Ich fand die Vorstellung hochgradig erschreckend und floh zu Annika.

Es war sowieso höchste Zeit, dass ich ihr reinen Wein über Juliet einschenkte, da ich sie seit gestern Abend offiziell kannte. Doch ich hatte schlimmere Skrupel als zuvor, denn inzwischen konnte ich nachempfinden, wie sehr es Annika verletzen würde. Ich brauchte mich nur daran zu erinnern, wie Gina nach Marcos Hand gegriffen hatte. Ob sie Marcos große Liebe war, von der Hella erzählt hatte? Schon möglich. Gina war hübsch, benahm sich überhaupt nicht wie ein Junge, hatte noch nie jemandem eine runtergehauen, geschweige denn ihn quer durchs Zimmer geschleudert. Sie hatte kein Brüder-Trauma, wunderschöne Haare, lange Beine, und einen geradezu unverschämt großen Busen. Alles, was ich nicht hatte. Aber warum war sie gestern nicht bei Hella eingeladen gewesen? Immerhin erklärte es, warum sie heute früh so interessiert reagiert hatte, als sie mich Marcos Namen sagen hörte. Sie musste natürlich klarstellen, dass er ihr treu war.

Annikas Zimmer war genauso wenig wiederzuerkennen wie sie selbst. Da, wo vorher Totenköpfe gestanden hatten, blühten jetzt Topfblumen. Die schwarze Bettwäsche war durch rote ersetzt. Die Dark-Wave-Poster hatten ausgedient. Dafür hingen überall Bilder, die Annika gemalt hatte. Endlich malte sie wieder, aber leider kannte sie nur ein Motiv: Chris.

Mein Herz sank. Ich konnte ihr diese Liebe einfach nicht zerstören. Da half nur eins: warten, bis sie sich von selbst entliebte.

Annika empfing mich, indem sie mir einen Umschlag reichte, der so überreichlich mit Herzchen verziert war, dass Hella ihre wahre Freude dran gehabt hätte.

„Äh, was ist das?"

„Na, ein Brief, du Dussel. Was steckt man denn sonst in einen Umschlag?"

„Ist der an mich?"

„Seit wann schreibe ich dir Liebesbriefe?"

„Der ist aber nicht an Chris, oder?"

„Du stehst ja heute mächtig auf dem Schlauch. Klar an Chris." Sie seufzte verzückt. Ich hielt mir die Ohren zu, denn ich wollte gar nicht hören, wiiie süß sie ihn fand. „Pass doch auf, jetzt hast du ihn fallen lassen." Annika hob den Umschlag auf und drückte ihn an ihre Brust. „Du musst es doch auch gemerkt haben."

„Was denn?"

„Na, wie er mich gestern angeschaut hat, als wir zusammen eure Wäsche sortiert haben. Ich habe Gina alles haarklein erzählt, und sie meinte auch, dass es eindeutig auf Gegenseitigkeit beruht. Sie hat mir Tipps gegeben, wie man einen Liebesbrief am wirkungsvollsten gestaltet. Sie hatte da eine Liste ..."

„Klar, was sonst." Ich musste mich erst mal setzen. „Hör

mal zu", begann ich, genau wie Papi, wenn er versuchte, ernst genommen zu werden. „Nur weil Chris freundlich und höflich zu dir ist, heißt das noch lange nicht, dass er in dich verliebt ist. So ist Chris zu uns allen, sogar zu Opa Lila. Und ich wette, mit dem würde er weder Händchen halten wollen noch knutschen. Also!"
„Also was? Du bist ja so was von unromantisch. Du würdest nicht mal merken, dass ein Junge in dich verknallt ist, wenn er vor dir auf die Knie fällt."
„Jungs fallen ständig vor mir auf die Knie, aber das hat nix mit Liebe zu tun, sondern mit dem Zusammenwirken meiner Wurftechnik und der Schwerkraft."
„Gibst du Chris jetzt den Brief oder nicht?"
„Waaas?! Ich soll ihm den geben? Ne!"

Kreislaufschwäche und SONNENBRAND

Zehn Minuten später saß ich mit dem unseligen Brief in der Hand an meinem Schreibtisch. Annika hatte ihn mir erfolgreich aufgedrängt. Wenn Juliet das gesehen hätte, wäre ihr die Heldenverehrung vergangen. So eine schwache Charakterleistung hatte ich schon lange nicht mehr gebracht.
Opa Lila schaute zur Tür rein. „Wie wäre es mit einem Krokodil?"
„Was?", schreckte ich auf.
„Als Tattoo für meinen Hinterkopf."

„Lass dir lieber wieder die Haare wachsen."
„Mit euch jungen Leuten ist ja überhaupt nix los", fand er und zog ab.
Ich brütete über dem Brief. Es gab zwei Möglichkeiten. Erstens: Ich vernichtete ihn. Annika würde sich wundern, warum Chris nie antwortete. Sie würde sich vergeblich Hoffnung machen. Sie würde womöglich weitere Briefe schreiben, die ich dann auch vernichten müsste. Ne, so kam ich nicht aus der Sache raus.
Zweitens: Ich gab ihn Chris. Es war schließlich seine Schuld, dass Annika glaubte, er würde ihre Gefühle erwidern. Sollte er sich doch Gedanken machen, wie er sie abblitzen ließ. Aber was, wenn er es nicht diplomatisch genug anging? Wenn er sich über sie lustig machte? Da er mich komisch fand, hatte er wohl einen echt krassen Sinn für Humor. Das war also zu riskant. Außerdem würde er sich wundern, warum ich ihm einen Liebesbrief meiner besten Freundin brachte, wo ich doch genau wusste, dass er in festen Händen war. Ich musste mir also etwas Besseres ausdenken. Und da blieb nur noch eine Möglichkeit: den Brief lesen und selbst beantworten.

Dear Chris,
Something magic happened when we met. I know you feel the same way. We both love spiders. We both don't know how to sort laundry. We're made for each other. I think of you **every waking moment**. Please reply soon.
Lots of love, **hugs** and kisses
Annika

every waking moment in jedem wachen Moment
hug Umarmung

Ich fächelte mir mit dem Umschlag Kühlung zu, dann zerriss ich den Brief in allerkleinste Schnipsel und spülte ihn das Klo runter. Jetzt ging es ans Antworten. In der Waschküche fand ich den Stapel mit den Hemden noch ungewaschen vor. Papi hatte die Angewohnheit, immer alles in seine Brusttaschen zu stecken und dann zu vergessen. Tatsächlich fand ich den Brief von Chris, den Papi uns beim Sonntagsfrühstück vorgelesen hatte, in einem der Hemden. Außerdem fand ich zwei Büroklammern, ein Zehn-Cent-Stück, ein benutztes Papiertaschentuch, ein vierblättriges Kleeblatt und einen Bleistiftstummel. Wo ich sowieso schon mal hier war, packte ich die Hemden gleich in die Waschmaschine, startete das Waschprogramm und ging mit dem Brief in mein Zimmer zurück.
Indem ich Chris' Brief abschrieb, übte ich seine Handschrift nachzuahmen. Als ich sie einigermaßen beherrschte, nahm ich ein frisches Blatt und schrieb.

Dear Annika,
Thanks for your letter. I'm sorry to tell you that I'm in love with another girl. I like you a lot and I hope we can stay friends.
Hugs
Chris

Das war kurz und schmerzlos. Na ja, schmerzlos eigentlich nicht, aber wenigstens würde Annika es schnell hinter sich haben. So wie man ein Pflaster am besten mit einem Ruck abreißt, anstatt lange daran herumzupulen. Genauso kurz und schmerzlos wollte ich die Sache für mich selbst hinter mich bringen. Also ging ich sofort zu Annika und überreichte ihr die Antwort, die ich noch schnell in einen neutralen Umschlag gesteckt hatte. Annika war nicht mehr allein, denn inzwischen war Gina gekommen. Gut so, dann konnten wir Annika zu zweit trösten.

Die beiden interessierten sich aber erst mal gar nicht für mich. Sie brüteten über einer von Ginas Listen.

„Wir testen gerade, wie sehr es mich erwischt hat", sagte Annika.

Ich sah ihr über die Schulter, während sie lauter Kreuze in der rechten Spalte machte.

„Das soll Liebe sein? Klingt für mich wie eine Mischung aus Kreislaufschwäche und Sonnenbrand."

„Nike, du hast von Gefühlen wirklich null Ahnung", sagte Annika verächtlich.

„Chris anscheinend auch nicht, jedenfalls hat er deinen Brief nur kurz überflogen und dann ganz schnell eine Antwort gekritzelt", sagte ich. Sie sollte sich bloß keine vergeblichen Hoffnungen machen.

„Gib her." Sie riss mir den Umschlag aus der Hand, fingerte ihn auf und wurde erschreckend blass. „In love with another girl? Wie ist das möglich? Er ist doch erst vor ein paar Tagen angekommen. Wen kennt er denn schon hier?"

Gina nahm den Brief und las ihn, ohne um Erlaubnis zu fragen. „Vielleicht hat er sich auf dem Flug hierher verliebt. Soll vorkommen."

Annika griff sich ans Herz. „Ich überleb das nicht."

„Du musst um seine Liebe kämpfen."

How do you know if you're seriously in love with a boy? Look at your physical reactions when you see him:

	I have a crush	**I'm smitten**	**I'm deeply in love**
Ears	They're ringing	I seem to hear birds singing everywhere	I'm constantly listening out for his voice
Eyes	I **blink** a lot	I cry easily	I have **tunnel vision**
Legs	I go weak at the knees	My knees feel like jelly	I want to fall down on my knees and kiss his feet
Hands	My **palms** are a little sweaty	My hands tremble slightly	My hands shake **un-controllably**
The way I walk	I walk more **upright**	I have a spring in my step	I feel like I'm floating on air
Heartbeat	My heart beats faster	I can feel my **pulse** in my **throat**	My heart seems to jump out of my chest
Breathing	I breathe out with a happy **sigh**	I breathe in and out with happy sighs	I can hardly breathe
Stomach	I have butter-flies in my stomach	My stomach turns **somer-saults**	I've completely lost my appetite
Skin	I have **goose pimples**	There's an electric **current** flowing **be-neath** my skin	I feel hot all over

to have a crush on sb für jdn schwärmen
smitten verknallt
to blink blinzeln
tunnel vision Tunnelblick
palms Handflächen
uncontrollably unkontrollierbar
upright aufrecht
heartbeat Herzschlag
pulse Puls
throat Hals
breathing Atmung
sigh Seufzer
stomach Magen
somersaults Purzelbäume
goose pimples Gänsehaut
current Strom
beneath unter

Dieses melodramatische Getue nervte mich schrecklich. Merkte Gina nicht, dass sie alles nur noch schlimmer machte? „Lohnt sich nicht, er küsst sowieso ganz schlecht“, behauptete ich.
Annika sah mich entsetzt an. „Woher weißt du das?“
„Na, ich sollte ihn doch für dich testen.“
„Aber jetzt doch nicht mehr! Nicht nach dem, was gestern war.“
„Was war denn, außer dass ihr in dreckiger Wäsche gewühlt habt?“
„Er hat mir eine Spinne gemalt. Gina sagt, das ist ein ganz klarer Liebesbeweis.“
„Ich geh dann mal“, sagte ich, weil ich es echt nicht mehr aushielt.
„Warte.“ Gina hielt mich fest. Ich hätte sie locker abschütteln können, aber mir fehlte heute zu allem der Mumm. Wie war das noch? My hands shake uncontrollably – deutliches Zeichen, dass man deeply in love ist.
„Deine Nase ist ganz rot. Ich durchschaue dich.“ Gina funkelte mich wütend an. „Du bist das Mädchen, in das Chris sich verliebt hat. Ist doch ganz klar. Es muss beim Küssen passiert sein.“ Theatralisch sagte sie zu Annika: „Was für eine tragische Entwicklung. Wer hätte gedacht, dass deine beste Freundin dir deine große Liebe vor der Nase wegschnappt.“
Ich riss mich von Ginas spitzem Griff los.
„Du tickst ja nicht ganz richtig. Erst heißt es, ich soll ihn unbedingt testen, weil eine richtige Freundin solche Opfer eben bringen muss, und jetzt ist es auch nicht recht. Überhaupt interessiert mich der Kerl nicht die Bohne.“

Gina kicherte. „Alles in Deckung, Nikes Nase explodiert gleich.“

„Ja, weil du mich total nervst. Und überhaupt, der einzige Junge, von dem ich mich gern küssen lassen würde, ist Marco.“

Damit rauschte ich aus dem Zimmer und die Straße hinunter. Am meisten ärgerte mich, dass ich herausposaunt hatte, dass ich in Marco verknallt war, und das direkt seiner großen Liebe ins Gesicht. Na, toll.

Ich war so wütend, dass ich förmlich rauchte und zischte und beinahe mit Chris zusammenstieß, der mit zwei Einkaufstüten im Flur stand. Reaktionsschnell wich ich ins Wohnzimmer aus. Dort saß Opa Lila rittlings auf einem Stuhl. Ronny stand neben ihm und hielt ein aufgeschlagenes Buch über Hamster hoch. Sven malte mit Feinliner das Bild aus dem Buch ab, direkt auf Opas Hinterkopf: ein Hamster im Laufrad.

„Wir testen, ob sich das Motiv als Tätowierung eignet“, erklärte Sven mit ernster Miene.

Ich sagte gar nichts, ließ mich einfach nur in einen Sessel sinken, streckte die Füße von mir, lehnte den Kopf nach hinten über die Lehne und fragte mich, ob ich den Verstand gleich verlieren oder damit bis nach dem Abendbrot warten sollte.

He's going to hate me FOREVER

Was ich nach dem Abendbrot tatsächlich tat, war viel harmloser: Anstatt durchzudrehen, hockte ich mich an meinen PC. Cathy wartete schon im Chat auf mich, allerdings schien ihre Webcam defekt zu sein.

Nike: Hi Cathy, something's wrong with your webcam. I can't see you, only a sort of **snowstorm**.
Cathy: I **switched off** the cam. I wanted to warn you first. I **look a sight** :(

Das graue Gegrissel verschwand und Cathy erschien. Sie sah aus wie immer.

Cathy: Don't ask. I don't want to talk about it. Tell me about your day.
Nike: No, you first.
Cathy: *SIGH*. OK then. It began relatively harmlessly. No **warning**, no signs of **impending doom**. I was happy because Jamie had flashed his adorable lopsided smile at me at the bus stop yesterday. I was so **cheerful** I even had an interesting conversation with Mum over breakfast. She has problems with her latest ad. "Everything that can **possibly** be said **in favour** of **washing powder** has already

snowstorm Schneesturm
to switch off ausschalten
to look a sight furchtbar aussehen
warning Warnung
impending doom bevorstehendes Verderben
cheerful fröhlich
possibly möglicherweise; bloß
in favour zugunsten
washing powder Waschpulver

been said. Still, they want me to come up with a new **angle** for a washing powder called Luvit. Of all the silly **brand names** ..."

angle Aspekt
brand names Markennamen
couple Paar
to do the trick seinen Zweck erfüllen
pressure Druck
demands Ansprüche
temporary vorübergehend
honest ehrlich
to tear a strip off sb jdn zur Schnecke machen
silence Schweigen; Stille

Bei Waschpulver musste ich natürlich sofort an Annika und Chris denken.

Nike: How about this: the advert shows a **couple** that's obviously madly in love. They're happily sorting laundry. The background jingle goes: „Wash it, dry it, love it. Luvit – The washing powder for the young at heart."

Cathy: Yay, that's just the kind of stupid nonsense that'll **do the trick.** I'll tell her tomorrow. Here's what we discussed this morning:

Mum: „Sometimes I hate the **pressure** of my job."

Me: „I always told you to look for a nice, calm office job with no creative **demands**."

Mum: „Rubbish. It's just a **temporary** crisis."

Me (quite **honest**): „For me, your job is a permanent crisis."

Mum (shocked): „I beg your pardon?"

Me: „On Monday you really, really embarrassed me."

Mum (closing her eyes for a second): „I remember. The cello player came to see you. Jamie Jungbluth, wasn't it? I had no idea you had a visitor, or I wouldn't have interrupted. Other mums would **tear a strip off** their daughters if they let boys into their rooms without permission. But it was a good thing I saw him because he inspired my muse."

Me: „Couldn't your muse do all that inspiring business in **silence**?"

Mum: „No, it can't. If I don't say out loud what goes through my mind it's lost. My **short-term memory** is anything but **reliable**."
Me: „You could carry a pen and paper with you."
Mum: „I wish you'd **loosen up** a bit. For one thing, I'm doing my best to **make ends meet**, which isn't easy for a **single parent**. And there's more to life than chatting up boys."
Nike: Little does she know!
Cathy: Hey, that's unusual, coming from you.
Nike: I think I've **fallen head over heels** for Marco.
Cathy: Finally :-) You know, when you didn't come to the chatroom last night, I was sure you and Marco had been out together. Giving you the bear with the heart was so sweet. He must be in love with you.
Nike: No, he's in love with someone else. I saw him and Gina holding hands today.
Cathy: Oh God, boys are so **fickle**.
Nike: You're changing the subject. You still haven't told me what happened today. Did you meet Jamie?
Cathy: Well, I had no plan of action, and I'm not good at improvising. I wish I had your attitude. I'm sure you'd never lose any sleep because of a boy. You'd **take the lead**, tell him face to face you were made for each other and that's that.

Von wegen ich hatte keine Probleme mit Jungs! Ich stellte mich, was Marco betraf, genauso unmöglich an wie Cathy mit ihrem

short-term memory Kurzzeitgedächtnis
reliable zuverlässig
to loosen up lockerer werden
to make ends meet über die Runden kommen
single parent Alleinerziehende(r)
to fall head over heels sich über beide Ohren verlieben
fickle unbeständig
to take the lead die Führung übernehmen

to stop in one's tracks abrupt stehen bleiben
to dither schwanken
to follow up on sth die Konsequenzen aus etwas ziehen
to chicken out kneifen
nasty gemein
direction Richtung
to clench (zusammen)ballen
knot Knoten
steely stählern

Jamie. Jungs müssten rezeptpflichtig sein, so viele Nebenwirkungen wie sie haben.

Nike: What happened?????
Cathy: Melissa, Jenna and I were heading for the canteen when Melissa pointed and we all **stopped in our tracks**. „There he is. Give it a go", she said.
Nike: I guess you **dithered**.
Cathy: Jenna said: „Oh, come on now, Cath, what did you write Jamie a letter for if you're not going to **follow up on** it?"
Me: „I didn't give him the letter."
Melissa (cheerfully): „Yeah, you **chickened out**. But we saw you drop it in the bin."
You'll never guess what she did. Never ever. It's the worst thing she could possibly have done. She told me she took the letter from the bin and gave it to Jamie.
Nike: Oh my God, no! You mean she gave him the **nasty** third letter?
Cathy: Right. Before I could tell them about it, Jenna pushed me in Jamie's **direction**. I went all cold inside and my stomach **clenched** into a **knot**. Jamie gave me a **steely** look. „I don't understand you at all. What did you mean, ‚It's over between us?' We were never going out."
Nike: You must have felt horrible.
Cathy: I've never felt worse in all my life, not even on the day my dad moved out to become a famous – oops, I almost said it.
Ausnahmsweise hakte ich mal nicht nach, weil mich die

Karriere von Cathys Vater im Moment herzlich wenig interessierte.

Nike: So what did you do?
Cathy: I **muttered** a string of **monosyllables**. „I – me – you – er – um." That kind of thing. I couldn't think clearly. No – I couldn't think at all, not even muddily. I was making a complete fool of myself. Jamie walked off without a **backward glance**, his hands in his pockets. It's all over.
Nike: And all that because Melissa tried to help! I did the exact opposite today. I intercepted Annika's love letter to Chris because I thought it would only lead to complications.
Cathy: You're right. I wish you had been here to intercept my letter **before the shit hit the fan**, **pardon my French**.
Nike: Don't give up yet.
Cathy: I won't. I spent most of today thinking about how to **flee** the planet without leaving so much as a **trace**.
Nike: Your mum would never allow you to **hitch a lift** with a **space shuttle**.
Cathy: *g* I love you.
Nike: I'm afraid you're the only one.

Wir schickten uns Küsschen über die Webcam, dann loggte ich aus.

to mutter murmeln
monosyllables einsilbige Laute
backward glance Blick zurück
before the shit hit the fan bevor die Kacke am Dampfen war
pardon my French entschuldige die Ausdrucksweise
to flee flüchten
trace Spur
to hitch a lift per Anhalter fahren
space shuttle Raumfähre

DONNERSTAG

Das darf doch nicht WAHR sein!

Am Donnerstag wachte ich noch vor Sonnenaufgang auf. Im Garten war bereits ein Zwitscherkonzert zugange. Ich ging ans offene Fenster und lauschte hinaus. „Ich bin der schönste“, trällerte es aus einem Baum. „Dafür kann ich schneller fliegen“, kam es aus einem Busch zurück. „Und ich hab den coolsten Schnabel.“

Ich griff mir an die Stirn. War mir mein Verstand nun doch noch abhanden gekommen? Davon, dass man die Vögel sprechen hörte, wenn man verliebt war, hatte in Ginas Liste jedenfalls nichts gestanden. Aber es war ja auch ein himmelweiter Unterschied, ob man glücklich oder unglücklich verliebt war.

Vielleicht sollte ich etwas trinken. Ich war halb die Treppe runter, da klapperte der Briefkasten an der Haustür. Das musste die Zeitung sein. Ich ging sie holen, um darin zu blättern, während ich mein Wasser trank. Mir war jede Abwechslung willkommen.

Doch als ich die Briefkastenklappe öffnete, sah ich im fahlen Dämmerlicht einen weißen Umschlag, auf den ein Herz gemalt war, in dem fünf Buchstaben standen. Ich schloss die Klappe wieder, als könnte ich den Umschlag dadurch wegzaubern. Es konnte nur Ginas Idee gewesen sein, dass Annika noch einen Brief schrieb.

Wo sollte das nur hinführen? Ich konnte doch nicht ständig ihre Briefe abfangen und sie beantworten. Genau genommen war das sogar strafbar. Und moralisch ver-

werflich. Und ganz, ganz schlecht für meine Nerven. Ne, damit musste Schluss sein. Sollte Chris den Brief eben lesen und sich selbst einen Reim darauf machen. Ich hatte keinen Durst mehr und ging ins Bett zurück.
Als ich zwei Stunden später zum Frühstück wieder runterkam, lag der Umschlag groß und breit auf meinem Teller, und als ich genau hinsah, erkannte ich, dass mitten in dem Herz nicht CHRIS stand, sondern NIKE. Und dahinter ein Ausrufezeichen, das ich für den fünften Buchstaben gehalten hatte.
Chris wünschte mir einen wunderschönen Morgen. Ronny und Sven glotzten mich erwartungsvoll an. Opa Lila machte den Mund auf, um etwas zu sagen, überlegte es sich aber anders. Tom war noch nicht aufgestanden. Ich tat so, als würde mich der Brief überhaupt nicht interessieren, hob den Teller hoch, legte den Umschlag darunter und schaufelte mir Rührei auf den Teller. „Hm, scrambled eggs. You're spoiling us, Chris."
Tatsächlich hätte Chris genauso gut eingeweichte Watteböllchen zum Frühstück servieren können, ich hätte den Unterschied nicht geschmeckt. Mich beschäftigte die ganze Zeit die Frage, von wem der Brief sein konnte. Spielten mir meine Brüder einen Streich? Ne, das war eher Opa Lila zuzutrauen. Hatte ich einen heimlichen Verehrer? Nicht, dass ich wüsste. Aber wenn es ein heimlicher Verehrer war, dann konnte ich ja nichts von ihm wissen. Ich fuhr mit einer Scheibe Toast durch die Rühreireste, entschuldigte mich und verschwand mit dem Brief auf meinem Zimmer.
Dreimal tief durchgeatmet, dann ratschte ich den Umschlag auf.

Hi Nike,
ich weiß nicht, ob es eine gute Idee ist, dir das zu sagen – aber ich denke, ich muss es einfach tun.
Also: Hella hat Recht, ich hab mich verliebt.
So, jetzt ist es raus. Ich hoffe, wir können trotzdem Freunde bleiben.
Marco

Es war wie ein Faustschlag mitten ins Gesicht. Voll auf die Nase. Warum tat er mir das an?

Götter essen keine FISCHSTÄBCHEN

Ich war noch weit davon entfernt, mich von dem Schock erholt zu haben, da wurde die Zimmertür aufgerissen. Es war Ronny mit dem Telefonhörer in der Hand.
„Da ist eine Frau am Apparat, die heißt wie ein Monat, und sie heult, und ich hab keine Ahnung, was sie will. Kannst du mit ihr sprechen? Chris ist einkaufen gegangen und Opa Lila dekontaminiert seine Ohrlöcher."
„Desinfiziert", verbesserte ich ihn automatisch, dann griff ich wie ferngesteuert nach dem Hörer. „Ja?"
„Is that you, Nike? It's Juliet." Ein Schluchzer. „Those kids are killing me. They're monsters. I don't know what to do. They're practically **dismantling** everything."

Im Hintergrund erscholl wildes Gebrüll.
„Where are you? At the zoo or in the jungle?“
„No, I'm here, at home.“ Ich hörte, wie eine Tür geschlossen wurde, dann verstand ich Juliet besser. „**I'm at my wits' end**. I can't **handle** these terrible kids. I need someone to help me. Where's Chris?“
„He went shopping. But why don't I come over and help you?“
„Don't you have to go to school today?“
„Theoretically, but to tell the truth, I can't stand the thought of seeing Gina and Marco holding hands again.“
„Sounds as if something happened that changed everything. OK, Nike, come over. We'll try and sort it all out together.“
„You mean both your monster kids and my love life?“
„Right.“
„I'm on my way.“
Ich steckte den Brief ein und machte mich auf die Socken.

to dismantle auseinander nehmen
I'm at my wits' end. Ich bin mit meiner Weisheit am Ende.
to handle umgehen mit

Die Wohnung von Juliets Gastfamilie lag im dritten Stock eines Sechsfamilienhauses. Schon von der Straße aus konnte ich die Kinder toben hören. Ich klingelte.
Juliet ließ mich rein. „I'm so glad you're here“, begrüßte sie mich. „I'm not sure what happened. The first week, the kids behaved really well, like angels. The second week, they started to do all sorts of things they weren't allowed to do. And now they've become completely uncontrollable.“

„They're testing their **limits**", sagte ich. „Where are they?" Dumme Frage. Ich brauchte nur dem Krach zu folgen. Im Wohnzimmer fand ich ein etwa dreijähriges Mädchen vor, das auf der Couch Trampolinspringen übte und dabei aus voller Kehle sang. In der Küche, die nur durch eine Theke vom Wohnbereich getrennt war, veranstaltete ein Junge, den ich auf fünf schätzte, einen Heidenrabatz, indem er mit Kochlöffeln auf Topfböden haute. Überall türmte sich Spielzeug. Die Bücher aus den unteren Regalreihen lagen auf dem Boden.
„Sit down, Juliet, and leave it all to me."
„I'll watch and learn", sagte sie und sank in einen Sessel.

limits Grenzen

Erst mal galt es, die Aufmerksamkeit der Kinder zu erregen. Ich schob den Couchtisch und eine Mischung aus Legosteinen und Plastiksauriern zur Seite, nahm Aufstellung und begann, Aikido-Übungen in Zeitlupe zu machen. Es dauerte nicht lange, da hörte das Mädchen zu hopsen auf. Mit weit aufgerissenen Augen starrte sie mich an. Der Junge merkte, dass es etwas zu sehen gab, ließ die Töpfe in Ruhe und kam, nur noch die Kochlöffel aneinanderschlagend, heranspaziert.
Ich machte einen plötzlichen Ausfallschritt und rief: „Huh!"
Die Kinder schreckten zurück, aber sie kicherten dabei. Ich verbeugte mich. Sie verbeugten sich auch. Wenn man erst mal den Nachahmungstrieb aktiviert hat, sind Kinder so leicht zu führen wie Marionetten, jedenfalls für eine Weile. Das hatte schon bei Ronny geklappt.
„Ich bin die Siegesgöttin Nike", sagte ich feierlich. „Und ihr?"

„Ich bin der Obersuperturbogott Jan“, sagte der Junge großspurig. „Und das da ist meine Schwester Susanne.“
„In deinem Götterreich sieht es schrecklich aus, Obersuperturbogott Jan. Hast du keine Sklaven, die für dich aufräumen?“
„Doch, die da.“ Jan zeigte auf Juliet.
„Ja, aber siehst du denn nicht, dass diese Sklavin erschöpft ist? Wir müssen sie schonen. Götter müssen gnädig sein. Das festigt ihre Macht.“
Jan und Susanne kapierten nicht wirklich, was ich da laberte, aber darauf kam es nicht an. Hauptsache, sie spielten mit. Wir brauchten keine Stunde, dann war das schlimmste Chaos beseitigt. Susanne schlief erschöpft auf der Couch ein, Juliet deckte sie zu. Jan zeigte mir sein Lieblingspuzzle. Ich hockte mich vor den Couchtisch und reichte ihm die Teile.
„Absolutely amazing“, sagte Juliet. „You'll definitely have lots of kids one day.“
„I doubt it“, meinte ich. „No man is ever going to fall in love with me, so how am I supposed to have kids?“
„You sound depressed. Is it because of Marco?“
„Yes, he has a girlfriend. Her name's Gina and she looks like a real girl, not like a boy with a red nose.“
„I don't think you look like a boy. You look like a **tough** girl. And, to tell the truth, at Hella's party I had the **impression** the two of you **were very close**.“
„Yeah, like brother and sister.“
„No, I thought you were in love with each other.“
„Why did you think that?“
Sie zuckte die Schultern. „I'm not sure.

tough zäh
impression Eindruck
to be very close sich sehr nahe stehen

Something about the way you looked at each other. I thought you were just too shy to show your feelings."

„That's true **as far as I'm concerned**. But **it's not mutual**." Ich seufzte so traurig auf, dass Susanne im Schlaf mitseufzte und an ihrem Daumen zu nuckeln begann.

as far as I'm concerned was mich betrifft
it's not mutual es beruht nicht auf Gegenseitigkeit
to be punched in the stomach einen Schlag in den Bauch bekommen
gobsmacked baff

„It must be terrible for you to see Marco and his girlfriend together."

„It hurts like **being punched in the stomach**."

„Schau mal, Nike, ich bin fertig", krähte Jan dazwischen.

„Schön", lobte ich. „Du bist ja ein superturboschneller Puzzlegott."

Ich holte den Umschlag aus der hinteren Tasche meiner Jeans. „Marco wrote me a letter. I was totally **gobsmacked** when I read it."

Kaum hatte ich den Brief rausgezogen, schnappte sich Jan den Umschlag. „Da tu ich die Puzzleteile rein."

„Ist recht. Kannst ihn behalten." Ich faltete den Zettel auf.

„Can you read German, Juliet?"

„A bit. But it's better if you translate for me."

„He wrote: I'm not sure if it's a good idea to tell you – but I think I have to. The thing is: Hella is right, I've fallen in love. I hope we can still be friends." Ich unterdrückte eine Träne, bevor sie sich aus meinem Unterlid hervorquetschen konnte.

„Hm", machte Juliet. „What a strange letter. Does he know you're in love with him?"

„Yesterday I told Gina and my best friend Annika about

it. So Gina must have told Marco. And then he thought he had to make sure I wouldn't **make a pass** at him."
Ich konnte den Gedanken kaum zu Ende denken, wie Marco dagesessen und überlegt hatte, wie er mir am besten klar machen konnte, dass ich keine Chance hatte, bei ihm zu landen – so sehr tat das weh.
Jan hatte alle Puzzleteile verpackt und sagte: „Der Obersuperturbopuzzlegott hat jetzt Hunger."
„I'm going to make you fish fingers", sagte Juliet. „Ich mach dir gleich – wie heißen die?"
„Fischstäbchen", übersetzte ich.
„Bäh", sagte Jan.
„Götter würden so etwas niemals essen", pflichtete ich ihm bei. „Wir machen dir etwas Besseres, nämlich edle Seelachsstückchen in Goldkruste. Stell doch schon mal eine Pfanne auf den Herd."
Jan gehorchte.
Juliet sah mich nachdenklich an. „I don't know why, but this doesn't really make sense to me."
„Fish fingers?"
„No, the letter. Boys don't write letters unless they absolutely have to. Maybe it was Gina who wrote the letter."
Mensch, dass ich da nicht selbst draufgekommen war! Der angebliche Brief von Marco hatte verblüffende Ähnlichkeit mit dem, den ich Annika gegeben hatte und der von Chris sein sollte. In jemand anders verliebt – trotzdem Freunde bleiben. Genau das gleiche Schema. Gina hatte den Brief auch gelesen und ihn als Vorlage benutzt. So eine fiese Tour.
„I have no idea what to do."

to make a pass
Annäherungsversuche machen

„All you can do is fight for him."
Das kam mir irgendwie bekannt vor. Hatte Gina das nicht auch zu Annika gesagt? Kämpfe um ihn.
„I don't know how to fight for a boy", gab ich zu. „I only know how to fight *with* a boy."

Liebeskummer hoch ZWEI

Bevor ich ging, half ich Juliet noch, die Kinder mit Fischstäbchen zu verköstigen.
Zum Abschied trug sie mir auf: „Give Chris a kiss and a hug from me."
Das hätte noch gefehlt! Ich versprach ihr stattdessen, bald wiederzukommen und mit ihr und den Kindern auf den Spielplatz zu gehen. Das traute sie sich alleine nicht. Ob das ein Beruf für mich wäre: Bodyguard für überforderte Kindermädchen?
Auf dem Heimweg grübelte ich vor mich hin, wie es sonst gar nicht meine Art war. Es war aber auch ein merkwürdiger Sommer. Ich hatte die Liebe entdeckt, aber ich hatte mich prompt in den ultrafalschen Kerl verliebt. So dusslig schien nur ich zu sein, denn um mich herum sah ich plötzlich lauter glückliche Pärchen, eine wahre Landplage von Händchen haltenden, schmusenden, lachenden Menschen. Und dazwischen ich mit meinen seltsamen Gefühlen und herumschwirrenden Gedanken.
Sollte Liebe nicht schön sein, mal abgesehen von Herz-

rhythmusstörungen und zittrigen Knien? Stattdessen fühlte ich mich wie altes Brot. Nichts an mir passte mehr zusammen. Ich hatte vorhin Unmengen von Fischstäbchen in mich reingestopft, obwohl ich die gar nicht mag. Wenn ich an Marco dachte, wurde ich wütend und traurig zugleich. Ich wünschte mir, ihm nie wieder zu begegnen, trotzdem wäre ich am liebsten sofort zu ihm gerannt, hätte ihn auf den Boden geschmissen und abgeküsst. Dann hätte er wenigstens einen Grund, Angst vor mir zu haben.

All das Grübeln brachte nichts. Also ging ich zu Annika. Gina war ausnahmsweise mal nicht bei ihr. Bestimmt war sie mit Marco im Freibad, oder wo man sonst hingeht, wenn man in aller Ruhe knutschen will.

Ich hockte mich zu Annika auf den Boden. Sie lag auf dem Bauch und zeichnete mal wieder ein Portrait von Chris. „Ich dachte du bist krank, weil du heute gefehlt hast."

„Ich bin auch krank. Krank vor Liebeskummer."

„Sag bloß, du hast dich auch in ihn verknallt."

„In Chris? Nee. Und ich hab ihn auch nicht geküsst. Das hab ich nur so gesagt."

„Also geht es um Marco."

Ich nickte.

Annika drehte sich zur Seite und wühlte in einem Stapel Blätter neben ihrem Schreibtisch. „Mal schauen, ob du wirklich Liebeskummer hast. Gina hat mir eine Liste gegeben."

Sie reichte mir ein Blatt.

The twelve **tell-tale** signs that **you're heartbroken**

1. I **jump** when I hear his name.
2. I seem to see happy people everywhere and wonder why I can't be happy, too.
3. My eyes are constantly **brimming** with tears.
4. I can't stand thinking about him – but I can't stop it, either.
5. I want to hit him – and I want to kiss him at the same time.
6. I hate everybody, especially myself.
7. I want to hide and never talk to anyone again.
8. I'm waiting for a **miracle** to happen.
9. I never want to see him again – and at the same time I long for him every waking minute.
10. I've lost my appetite, but once I start eating I can't stop.
11. I'm sure I'll never fall in love again.
12. I can't stand the sight of other couples kissing.

Das traf ja fast alles auf mich zu!
Ich starrte auf den Boden. „I'm lost", sagte ich mit Grabesstimme.
„I'm **doomed**."
„Äh, geht's noch? Gina meint –"
„Hör auf! Ich will nicht hören, was sie über Marco sagt."
„Ich wollte ja nur sagen, Gina meint, es

tell-tale verräterisch
to be heartbroken ein gebrochenes Herz haben
to jump *hier:* zusammenzucken
brimming randvoll
miracle Wunder
doomed verloren

gibt ein paar wichtige Tipps für den Umgang mit Jungs. Die Liste hat sie mir auch gegeben."

Annika setzte sich auch im Schneidersitz hin, um besser an den Stapel Listen dranzukommen. „Hier."

Ich riss ihr das Blatt förmlich aus der Hand. Wenn ich wusste, mit welchen Tricks Gina arbeitete, konnte ich sie vielleicht aus dem Rennen werfen.

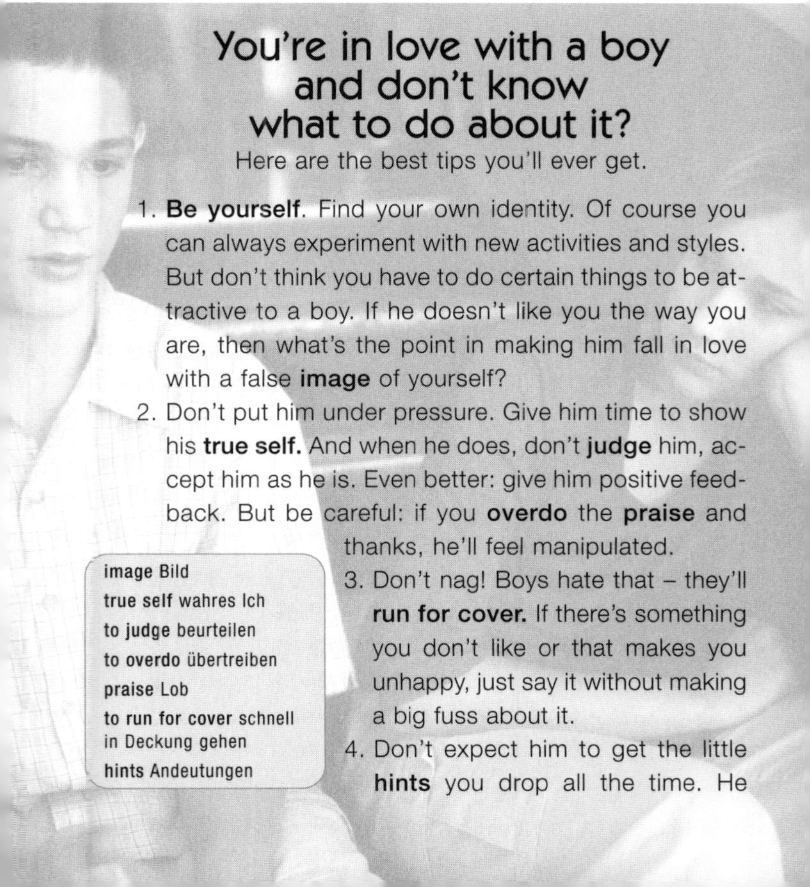

You're in love with a boy and don't know what to do about it?

Here are the best tips you'll ever get.

1. **Be yourself**. Find your own identity. Of course you can always experiment with new activities and styles. But don't think you have to do certain things to be attractive to a boy. If he doesn't like you the way you are, then what's the point in making him fall in love with a false **image** of yourself?
2. Don't put him under pressure. Give him time to show his **true self.** And when he does, don't **judge** him, accept him as he is. Even better: give him positive feedback. But be careful: if you **overdo** the **praise** and thanks, he'll feel manipulated.
3. Don't nag! Boys hate that – they'll **run for cover.** If there's something you don't like or that makes you unhappy, just say it without making a big fuss about it.
4. Don't expect him to get the little **hints** you drop all the time. He

image Bild
true self wahres Ich
to judge beurteilen
to overdo übertreiben
praise Lob
to run for cover schnell in Deckung gehen
hints Andeutungen

won't even notice your **seductive tone** of voice when you talk to him. Guys aren't telepathic. Make it easier for both of you by simply telling him how you feel. But don't stare at him as if he were a **specimen** under a microscope. Smile confidently and wait for his reaction. And have some **handkerchiefs** in your pocket in case he tells you he's not **in the least** interested in you. While you cry your eyes out, remember to tell yourself that this isn't the end of the world. You'll soon fall in love with another boy and start all over again.

5. Don't be disappointed when he doesn't go all **gooey** when his friends are around, no matter how many long **lingering** looks you shoot at him. Boys like to act cool and tough when they're with their mates. You'll embarrass him if you give him a present and ask him to unwrap it right in front of his classmates. Just wait until you're alone with him before you show him how **besotted** you are.
6. Maybe you're too shy to talk to him. In that case, write him a love letter. The **rule of thumb** here is: don't write more than five sentences. And don't make the letter embarrassing for him by drawing hearts around his name or putting **lipstick** kisses on the paper. Put your phone number under your name. Boys prefer to call rather than writing back.
7. If you don't feel confident enough to tell him how you feel, either personally or in writing, then **encourage**

seductive verführerisch
tone Ton
specimen Probe
handkerchiefs Taschentücher
in the least im Geringsten
gooey rührselig
lingering sehnsüchtig
besotted vernarrt
rule of thumb Faustregel
lipstick Lippenstift
to encourage ermutigen

him to make the first step. The best way to do this is by surprising him. Find out what he likes. If he's crazy about Chinese food, cook a Chinese meal for him. If he still doesn't try to kiss you, then he's a **lost cause**. Try to **get over it** as soon as you can.
8. If all else fails and you're really **desperate**, try shock tactics: wait until you're alone with him, then kiss him without warning. Keep your eyes open to see his reaction. If his eyes are wide open, then he doesn't want to be kissed by you. If he closes his eyes and puts his **tongue** in your mouth, you can be sure he's enjoying it as much as you are. And that says more than a thousand words.

„Was meinst du?", fragte Annika, die über meine Schulter mitgelesen hatte. „Soll ich die Schocktherapie mal bei Chris ausprobieren?"
„Um Gottes Willen, bloß nicht. Die Briten sind ein ganz komisches Völkchen. Die zeigen Gefühle nicht so dramatisch. Wenn du Chris plötzlich abknutschen würdest, könnte ihn das umbringen."
„Stimmt. Vornehme Zurückhaltung, und so. Stiff upper lip. Schade."
„Hast du noch irgendwelche brauchbaren Listen?" Kürzlich hatte ich Ginas Listentick noch ausgesprochen albern gefunden, jetzt konnte ich gar nicht mehr genug von den Dingern kriegen.
„Ne, nur einen Zettel mit den Hausies."
„Hausies? So kurz vor den Ferien? Also manche Lehrer spinnen." Ich schüttelte den Kopf.

lost cause aussichtslose Sache
to get over sth über etwas hinwegkommen
desperate verzweifelt
tongue Zunge

„Es sind nur zwei Matheaufgaben. Total easy. He, warum schaust du plötzlich so seltsam?“
Ich lehnte mich zurück, bis ich an der Bettkante lehnte und seufzte. „Ich habe mich gerade daran erinnert, wie Marco mir Mathenachhilfe gegeben hat, als ich aus England zurückkam und etwas den Anschluss verloren hatte. Stundenlang hat er mir endlos geduldig erklärt, wie man Maßeinheiten umrechnet. Vor allem das mit dem Dezimeter habe ich nie ganz kapiert. Und als es dann noch an Volumenberechnungen ging, bin ich ausgeflippt und habe Marco angeschrien, dabei wollte er mir doch nur helfen. Er hat gesagt, es wäre nicht seine Schuld, dass Mathe so ein bekloptes Fach wäre, und hat immer weiter erklärt, bis ich's kapiert hatte. Nachträglich wird mir erst bewusst, wie total lieb das von ihm war. Und wie romantisch!“
„Siehst du, jetzt verstehst du, warum ich mit Chris so gern die Wäsche sortiert habe.“
„Was würde ich darum geben, wenn ich mit Marco Wäsche sortieren könnte.“
Wir lagen uns einträchtig in den Armen. Dann meinte Annika: „Ich könnte ja auch den anderen Trick probieren: Chris mit etwas überraschen.“
Ich sah Annika fest in die Augen. „Es hilft alles nichts, ich muss es dir sagen. Chris hat eine Freundin.“
Annika sah aus, als ob sie gleich losheulen wollte, aber dann fing sie sich noch mal. „Aber so toll kann die Liebe zwischen den beiden ja nicht sein, sonst wäre er nicht nach Deutschland gekommen. Bis er zurück ist, hat sie bestimmt längst einen anderen und –“
Ich wollte Annika gerade schonend beibringen, dass seine Freundin keine fünfhundert Meter von uns entfernt

damit beschäftigt war, sich von zwei außer Rand und Band geratenen Kleinkindern das Leben zur Hölle machen zu lassen – da wurde die Tür aufgestoßen.
Annikas Mutter sprühte Zornfunken. „Ich weiß gar nicht, wie oft ich dir schon gesagt habe, du sollst Gläser immer fest zuschrauben. Gerade will ich das Gurkenglas aus dem Kühlschrank holen, und da fliegt mir alles entgegen. Eine Riesensauerei ist das."
„Das war ich nicht", sagte Annika.
„Wer denn sonst? Dein Vater isst keine Gurken und –"
„Und Sie schrauben die Gläser immer so fest zu, dass man sie nur mit der Rohrzange aufkriegt", beendete ich ihren Satz. Sie warf mir einen strafenden Blick zu, weil sie davon gerade reichlich übrig hatte. Dann deutete sie mit dem Finger in den Flur. „Annika, du gehst jetzt sofort in die Küche die Sauerei aufwischen."

A WAY to his heart

Ich hätte Annika gern geholfen, den verschütteten Gurkensaft aus dem Kühlschrank zu putzen, aber ihre Mutter erzieht Annika streng nach dem Verursacherprinzip, darum musste sie den Schaden allein beheben.
Daheim versteckte ich den Zettel mit den Matheaufgaben. Vielleicht würde ich ja vergessen, wo ich ihn hingelegt hatte. Ein Lehrer, der so kurz vor den Ferien noch Hausaufgaben gibt, erwartet sowieso, dass niemand sie macht außer dem Klassenstreber.

Ich nahm mir lieber Ginas Liste mit den Tipps vor. Da lernte ich wenigstens etwas für Leben. Ich schlug mein Tagebuch auf, weil ich besser nachdenken kann, wenn ich dabei schreibe, und analysierte meine weiteres Vorgehen.

I have to find a way to Marco's heart.

Does this sound stupid? I've never said anything like that before, which is no big surprise since I've never felt anything like it before. It could feel so good, if only ... if only Marco wasn't holding hands with Gina.
I have a list with tips on how to win a boy's heart – **ironically** the list is from Gina. I bet she followed the tips word for word.

1. Be yourself.

No girl is as much herself as I am. It's good to know I'm not supposed to imitate Gina just because she seems to be Marco's type. Gina spends about five hours a day in front of her bathroom mirror. Me, I'm not even sure if there are any mirrors in our bathroom. OK, so I've never experimented with new styles as the list says you should, except when I had my hair dyed red for the first time. The red hair perfectly **matches** my attitude. If Marco doesn't like red hair, then he's a lost cause, that's for sure.

2. Don't put him under pressure. Give him positive feedback.

Oh, **what a bummer!** I didn't thank him enough when he gave me the polar bear.

ironically ironischerweise
to match zu etwas passen
What a bummer! So ein Mist!

in the romance department in Sachen Romantik
complaints Beschwerden
to beat about the bush um etwas herumreden
to tell on sb jdn verpetzen
to unscrew abschrauben
forte Stärke
to fall out of love sich entlieben
in the meantime in der Zwischenzeit
to solve lösen

This would have been such a great chance to show him I cared. But then again, at that time I hadn't even found out about it myself. I'm definitely a little slow in **the romance department**.

3. Don't nag!

Me? Nag? No way. I may not be a quick thinker, but I always come straight to the point when I have **complaints**. No **beating about the bush**. Recently, our maths teacher got very upset when I refused to go to detention because I hadn't done anything wrong, but I also refused to **tell on** Ralf, who had **unscrewed** the door handle. I did not make a fuss, I just stood my ground.

4. Don't expect him to get the little hints you drop all the time. Make it easier for both of you by simply telling him how you feel.

Little hints are not my **forte**, so simply telling him how I feel is my only option. But ... what about Gina? Should I wait until she drops him? I've never seen her with the same boyfriend for more than two weeks in a row, so ... no, I can't wait. What if I **fall out of love in the meantime**? OK, that would **solve** the problem, too, but it's not the way I want it solved.

5. Boys like to act cool and tough when they're with their mates.

Oh, do they? So what was cool and tough when he let

Gina put her hand in his? Girls can't always wait until they're alone with a boy because the chance might never come. I'm beginning to **suspect** that whoever wrote this list doesn't **have a clue**.

6. Rules of thumb about love letters.
I think I can skip those. I'm as **hopeless** with letters as Cathy.

7. If you don't feel confident enough to tell him about your feelings, encourage him to make the first step. The best way to do this is by surprising him.
Now we're talking. I know Marco a **whole lot** better than Gina does. I know all his likes and dislikes. I'll think of a way to surprise him. Let me think ... Five minutes later: I've **drawn a blank**. Nothing I could possibly do would surprise Marco; he knows me too well.

8. If all else fails and you're really desperate, try shock tactics: wait until you're alone with him, then kiss him without warning.
This is a **complete no go**. Marco has quick reflexes. He'd throw me God knows where and we'd end up fighting again. So where is the romance in that?

Na ja, Romantik war ja sowieso nicht das, worauf ich aus war. Ich wollte einfach nur mit Marco zusammen sein, auch ohne dass wir

to suspect verdächtigen
to not have a clue keinen Schimmer haben
hopeless hoffnungslos
a whole lot ein ganzes Stück
to draw a blank eine Niete ziehen
to be a complete no go überhaupt nicht gehen

total verliebt miteinander Wäsche sortierten oder was auch immer man sich unter Romantik vorzustellen hatte.

FLOWERS for Mum

Immerhin war es zwischen Marco und mir bisher noch zu keinen Missverständnissen gekommen wie zwischen Cathy und Jamie. Ob Cathy den Mut gehabt hatte, Jamie endlich zu erklären, warum sie schriftlich mit ihm Schluss gemacht hatte, obwohl sie noch nicht mal miteinander gingen? Im Chat war nix los, also rief ich meine E-Mails ab.

From: cathy@thewinstons.co.uk
To: nike@dieklapdors.de
Re: Flowers for Mum

Hi Nike,
I really, honestly, seriously wanted to talk to Jamie today. I **swear**! But I just didn't have the **guts**. I overslept and missed the bus. Mum drove me to school, **chanting** your jingle: „Wash it, dry it, love it", which didn't exactly improve my **mood**.
I **dreaded** seeing Jamie again. I could have **slapped** myself and then thrown in a couple of kicks, but it was no use thinking about whose fault all this was. Melissa couldn't have known I had written a hate letter instead of a love letter. Still, I wasn't

to swear schwören
guts Mumm
to chant singen
mood Laune
to dread sich fürchten
to slap ohrfeigen

exactly in the right mood to chat with Melissa and Jenna as usual. „Tell him the letter was a **practical joke** by your worst enemy" was about the most **sensible** advice they gave me.

I'm not into astrology, but my lucky stars must all have been swallowed up by a black hole lately, considering my recent **run of bad luck**. So I **opted for** the only strategy that felt safe to me: I stared at my feet whenever I was outside our classroom. That way I didn't risk meeting Jamie's eyes and doing something stupid.

During lunch I gave the canteen a wide berth. Out of the corner of my eye I saw Jenna talking to Jamie. Was she trying to **patch things up**? Good luck to her, then. Just before we all went back into our classrooms Jenna came running up to me with a huge smile on her face. „I talked to Jamie," she whispered in my ear.

„So?" I sounded not even **remotely** as cool as I was trying to.

„I told him you were **devastated** about the letter. You didn't mean it at all. He seemed quite **relieved**. The rest is up to you now. Don't **spoil** it again."

I hoped Jamie would take the first step, but he seemed to have dropped off the face of the earth. I didn't even see him at the bus stop.

When I came home, Mum was all smiles. She said, „Look at these", and pointed at a **bunch of flowers** in a vase on the dining room table. „Aren't they lovely?"

„Nice," I said **lamely**.

practical joke Streich
sensible vernünftig
run of bad luck Pechsträhne
to opt for sth sich für etwas entscheiden
to patch things up eine Sache wieder gut machen
remotely im Entferntesten
devastated am Boden zerstört
relieved erleichtert
to spoil verderben
bunch of flowers Blumenstrauß

Then Mum **dropped the bombshell**: „Jamie Jungbluth brought them. He's in –"
I put my hands over my ears. I was in a state of shock. Jamie had brought my mum flowers!!!! Oh my God, he had fallen in love with her. She's about five hundred years older than he is, and he brings her flowers!!!
I couldn't stand it, so I fled upstairs to my room, and as I threw the door open and **flopped** onto the bed, I saw ... well, you won't believe it.
See you!! – Cathy

NO MORE *love letters*

Das konnte sie doch nicht machen! Die E-Mail einfach aufhören, wenn es interessant wurde. Ich war so gespannt, dass ich die Mathehausies wieder aus ihrem Versteck kramte, um die Zeit, bis Cathy endlich in den Chatroom kam, zu überbrücken. Als sie schließlich erschien, wedelte sie so schnell mit etwas vor der Webcam herum, dass ich es nicht erkennen konnte.

lamely lahm
to drop the bombshell die Bombe platzen lassen
to flop plumpsen

Nike: What's that?
Cathy: Guess.
Nike: Keep still, will you? Oh, a teddy bear. Looks cuddly.
Cathy: It is :-)
Nike: Is that what you saw when you came into your room?

Cathy: Yes, it was lying on my bed. But that wasn't the only surprise. What would you have done after finding out that the boy of your dreams seemed to have fallen for your mum?

Nike: I would have **flipped my lid**.

Cathy: Sometimes I'm really glad I'm not as **hot-tempered** as you. Because ...

Nike: Yes?

Cathy: .. **you're dying to know**, right? Because Jamie was sitting at my desk.

Nike: And you didn't scratch his eyes out?

Cathy: No, I waited for an explanation. **Patience** is a **virtue**, after all.

Nike: I'll take your word for it ;-) So what was his explanation?

Cathy: First of all, the reason why he left **in a hurry** on Monday: when Mum came in, he remembered he was late for his cello lesson.

Nike: Why did seeing your mum remind him of his cello lesson?

Cathy: Because of her embarrassing behaviour during the concert.

Nike: I see. And why did he bring her a bunch of flowers today?

Cathy: He wanted to say thank you.

Nike: For the compliments?

Cathy: No, stupid, for saving him. He said he couldn't have played the solo if his life had depended on it. Mum's interruption was heaven-sent. He told me that playing the cello wasn't his idea of fun. It's his mother's **ambition** to

to flip one's lid ausflippen
hot-tempered heißblütig
you're dying to know du stirbst fast vor Neugier
patience Geduld
virtue Tugend
in a hurry in Eile

see him on stage. She was a cellist herself and she wants her son to have the **fame** she never **achieved**. She thinks he's **incredibly** talented, but he's not.

Nike: So why doesn't he tell her?

Cathy: Because whenever he does his dad **chimes in** and says he's not keen on Jamie's career as a musician, and that he's sure Jamie is perfect **lawyer** material, just like himself. Jamie told me his parents are constantly **arguing** about his future. He actually has totally different ambitions: he wants to be a biologist. He's fascinated by the way animals adapt to cold climates.

Nike: It's terrible when parents want to **foist** their ambitions on their kids. I'm glad my parents don't. Hey, now that I mention it! I think you could help him. :-)
Ask your mum to invite the Jungbluths for dinner. She can say it's to apologize for interrupting the concert. Then you tell Jamie's parents about my family: how my mum is a famous opera singer, but she's the only one in the family who's any good at music. None of us even plays an instrument. Mum never insisted. She wants us to follow our own paths in life.

Cathy: Could work. Hey – you look a bit depressed. **What's up?**

Nike: It's because of a letter I got from Marco. He told me he's fallen in love with someone – Gina of course – and that he wants us to stay friends.

Cathy: Ouch :(But maybe he didn't mean it, like the silly letter I wrote Jamie.

Nike: If only. I wish I'd never fallen in love.

ambition Ehrgeiz
fame Ruhm
to achieve erreichen
incredibly unglaublich
to chime in sich einschalten
lawyer Anwalt
to argue streiten
to foist unterschieben
What's up? Was ist los?

Aber daran war nun nichts mehr zu ändern. Ich wünschte Cathy noch viel Glück mit Jamies Eltern, und sie schickte mir eine tröstende Umarmung, dann ging ich schlafen. Oder versuchte es zumindest. Die Nacht war schwül, und meine Gedanken nicht besonders erbaulich. Dass Tom nebenan schnarchte wie ein verschnupftes Walross, machte es auch nicht besser. Als ich dann doch wegdriftete, träumte ich von Eisbergen, die in der Wüste schmolzen, und einem Eisbär, der auf einem Kamel ritt. Daran wäre jeder Traumdeuter verzweifelt.

FREITAG

Eine nagelneue TAKTIK

Schon am Morgen hatte es hundert Grad, oder jedenfalls nicht wesentlich weniger. Ich wäre am liebsten im Bikini in die Schule gegangen, was angesichts der Tatsache, dass ich Marcos Blicke auf mich lenken wollte, vielleicht gar nicht mal so schlecht gewesen wäre.
„Die spinnen, die Briten", sagte Annika, die so nah wie möglich an den Büschen entlang ging, um genug Schatten abzubekommen. „Hast du dir die Liste mal genauer angesehen?"
„Ich habe sie gründlich analysiert und bin zu dem Entschluss gekommen, dass überhaupt nichts für mich dabei ist."
„Kein Wunder. Der alleroberwichtigste Tipp fehlt nämlich."
Ich wich einem Pudel aus, der direkt auf seinen Lieblingsbaum zusteuerte, und wegen der Hitze zu schlapp war, dabei auch noch einen Umweg um mich herum zu machen.
„Echt?"
„Echt! Du wirst schon sehen. Ich habe nämlich eine neue Taktik. Dass ich da nicht früher drauf gekommen bin."
„Und worin besteht die?"
„Wart's ab. Geh einfach weiter und tu so, als ob nichts wäre."
Annika drehte sich um und ging den Weg zurück. Verdattert sah ich ihr nach. Wollte sie etwa zu uns nach

Hause und Chris beim Abstauben helfen? Die Romantik kannte bei ihr wirklich keine Grenzen.
In dem Moment kam Tom, der immer ein gutes Stück hinter mir läuft, um die Ecke. Er schlurfte, als würde er schlafwandeln, was er womöglich auch tat. Annika hakte sich bei ihm unter und begann auf ihn einzuquatschen. Schulterzuckend trottete ich weiter. Ob Annika Tom nach Chris ausfragte? Der könnte ihr höchstens erzählen, dass unser Au pair die Bettwäsche gestern falsch herum überzogen hatte.
Ich kam nicht dazu, Annika zu fragen, worin genau ihre geniale Taktik bestand, denn in jeder Pause rannte sie sofort raus auf den Gang und schnurstracks zu Toms Klasse. Dann hing sie an ihm wie eine Klette. Ja, sie drückte sich so eng an ihn wie Gina es bei Marco tat, was bei der Hitze ganz schön gefährlich war. Ruckzuck blieb man aneinander kleben.
Mein Schweiß fühlte sich jedenfalls an wie Superkleber und ich freute mich schon aufs Duschen.
Der Heimweg erschien mir endlos. Warum hatte ich nicht das Fahrrad genommen? Vor mir gingen Annika, Tom, Gina und Marco. Zwei Pärchen, und ich dahinter. Hin und wieder drehte Marco sich um und warf mir Blicke zu, die ich nicht deuten konnte. Wollte er sicher sein, dass ich nicht vor Liebeskummer verging? Oder genoss er meine Eifersucht womöglich sogar?
Ich fühlte mich einsam, ungeliebt und überhitzt. Ich dachte an Cathy und beschloss, mich in einen Eisbären zu verlieben, der wohnte wenigstens in einer kühlen Gegend.
Am Anfang unserer Straße begegneten wir Chris. Er war

so mit Einkaufstüten beladen, dass ich ihm sofort zwei abnahm, bevor er zusammenbrach, denn ich erwartete, dass Annika von Tom auf ihn überspringen würde wie ein Eichhörnchen, das an seinem Lieblingsbaum vorbeikommt. Doch sie drückte sich nur noch fester an mein Bruderherz.

„Oh, thanks, Nike", sagte Chris freudestrahlend. „Hi, kids."

Ich ächzte unter dem Gewicht der Tüten. „What did you buy? **Tombstones**?"

Chris lachte. „No, steaks, sausages and salad. Grandpa Lila decided to have a barbecue today. Everybody is invited."

„Oh, what a pity", sagte Gina. „I can't come because I promised my little sister I'd take her to the swimming pool today." Sie gab Marco noch einen Abschiedskuss, dann verschwand sie in ihrem Haus.

„Can I bring Aunt Hella?", fragte Marco.

„Sure, **the more the merrier**", freute sich Chris. „See you at six."

„Great. See you all." Marco verschwand die Nebenstraße hinunter und ich ertappte mich dabei, wie ich ihm sehnsüchtig nachblickte.

tombstones
Grabsteine

the more the merrier
je mehr, desto lustiger

Frisch GESCHLEUDERT

Bei der Vorbereitung des Barbecues mussten wir alle mit anpacken.
Tom und Papi, der freitags immer früher von der Arbeit kommt, stellten Biertische und Bänke im Garten auf und gingen sämtliche Nachbarn einladen, die sich bereit erklärten, uns zusätzliche Sonnenschirme zu leihen.
Sven, der von Papi den Ordnungssinn geerbt hat – einen musste es ja treffen – schnitt Tomaten in exakt drei Millimeter dicke Scheiben und schichtete sie dachziegelartig auf einen großen Teller.
Ronny bemalte die weißen Papierservietten mit Hamstern.
Den wichtigsten Job hatte Opa Lila, denn das Grillfest war seine Idee gewesen. Er heizte den gemauerten Gartengrill an und zählte alle fünf Minuten nach, ob wir auch genug Steaks und Würstchen hatten.
Meine Spezialität ist Salatschleudern. Wenn ich einen Salat erst mal geschleudert habe, ist er so trocken, als hätte man ihn in der Sahara geerntet. Ich schleuderte Kopfsalat, Eissalat, Eichblattsalat, Friseesalat und Radicchio, bis ich selbst beinahe ein Schleudertrauma hatte.
Chris verteilte die Salate auf Schüsseln und – als uns die Schüsseln ausgingen – in Auflaufformen, und ertränkte sie in Vinaigrette, um sie vor dem endgültigen Vertrocknen zu retten.

Damit hatte ich meine Schuldigkeit getan und ging zum dritten Mal an diesem Tag duschen. Ich war nervös. Ich hatte Cathy versprochen, dass ich versuchen würde, mit Marco zu reden. Aber was genau wollte ich Marco eigentlich sagen?
Ich trocknete mich nur oberflächlich ab und haute mich aufs Bett. Auf dem Nachttisch hockte der Eisbär und hielt mir sein Herz hin. Ob er Rat wusste? Ich drückte ihn an die Brust und musste dabei eingeschlafen sein, denn ich schreckte hoch, als es an meiner Tür klopfte.
„Ja?"
Annika linste durch den Türspalt. „He, du pennst ja! Und das, wo da bei euch im Garten die Post abgeht. Dein Opa kennt vielleicht verrückte Leute."
Ich gähnte. „Das müssen Klone von ihm sein."
„Alle fragen schon, wo du bleibst. Vor allem Juliet vermisst dich."
Sofort war ich hellwach und schnellte hoch. Fünfzig Prozent meines Blutes schossen ohne um Erlaubnis zu fragen in meine Nasenspitze. „Juliet?"
Annika hockte sich zu mir aufs Bett. „Warum hast du mir nichts von ihr erzählt? Sie ist total nett."
Ich knautschte verlegen den Eisbären zwischen meinen Händen.
„Äh, weil sie, öh, Chris' Freundin ist. Ich wollte deine Gefühle halt nicht verletzen."
Annika stieß ihre Schulter an meine. „Sei nicht albern, bloß wegen so einer kleinen Schwärmerei."
„Kleine Schwärmerei? Du hast mindestens hundert Bilder von ihm gezeichnet."

„Zu Übungszwecken. Portraitstudien sozusagen."
„Sozusagen", echote ich verblüfft. „Und was ist mit deiner tollen Taktik, die du heute früh angedeutet hast?"
„Ich wollte Chris eifersüchtig machen, indem ich mich an Tom ranschmeiße. Ich dachte mir, wenn Chris sieht, was für ein begehrtes Mädchen ich bin, dann wird ihm erst so richtig klar, was er für mich empfindet."
„Das ist eine saublöde Taktik und Tom gegenüber außerdem total unfair." Ginas Liste mit Tipps stieg gewaltig in meiner Achtung, weil sie diesen fiesen Trick ausgelassen hatte.
„Hast ja Recht. Aber es kam ganz anders. Tom schien nur darauf gewartet zu haben, dass ich ihm eine Chance gebe." Annika seufzte glückselig. „Du, dein Bruder ist schon lange in mich verknallt. Irre, oder? Ich muss ganz schön auf dem Schlauch gestanden haben, dass ich nicht gemerkt habe, wie süß er ist. Er hat so etwas Beruhigendes, weißt du?"
„Mhm, wie Baldrian auf Beinen", nickte ich. „Okay, ich komm gleich runter. Ich zieh mir nur noch schnell was an."
Minirock und bauchfreies Top. Damit Marco merkte, dass ich durchaus mit Gina mithalten konnte. Ich benutzte außerdem den Lippenstift, den Annika mir gegeben hatte, damit ich ihn an Chris ausprobiere. Er war so rot wie meine Haare. Da fiel mir wieder ein, dass Marco gesagt hatte, meine Haare würden ihn an Ketschup erinnern. Schnell wischte ich den Lippenstift wieder weg.

Like a BABY

Im Garten war wirklich jede Menge geboten. Ronny, Sven und Kinder jeden Alters und jeder Lautstärke tobten im Sandkasten und an der Schaukel. Erwachsene standen herum, tranken Weißbier und quatschten. Juliet verteilte Snacks und Orangensaft. Annika und Tom hockten knutschend unter dem großen Kirschbaum. Opa Lila war voll in seinem Element. Er hatte sich eine neue Schürze gekauft, auf der ein nackter Frauenkörper aufgedruckt war. Zusammen mit seinem kahlen Schädel und den Ohrringen war der Eindruck absolut schräg. Den Grillwender schwenkend, sang er aus voller Kehle: „I'm too sexy for my shirt."

Ich wäre jede Wette darauf eingegangen, dass Chris inzwischen bitter bereute, sich mit unserer Familie eingelassen zu haben, da sah ich ihn zwei Salatschüsseln bringen. Chris trug das Gegenstück zu Opa Lilas Schürze: Sie zeigte einen nackten Männerkörper.

Und ich hatte mir tatsächlich Sorgen gemacht, meine Ketschuphaare könnten zu sehr auffallen, wenn ich dazu auch noch passenden Lippenstift trug.

Juliet reichte mir ein Glas. „You guys really know how to have a good time."

„Hi, Juliet. Can I help you with the drinks?", hörte ich Marco von hinten fragen.

Er ging an mir vorbei, ohne mich wie sonst freundschaftlich in die Rippen zu boxen, was ich ihm schwer

übel nahm. An meiner Freundschaft schien ihm inzwischen wohl auch nichts mehr zu liegen. Tante Hella bediente sich von Juliets Tablett.
„What's the theme of the party?", fragte sie.
„Ask Opa Lila. He said he's going to make an **announcement** later on", sagte Juliet.
Die Ankündigung folgte kurz darauf, als wir alle mit Steaks, Würstchen und Salat auf den Tellern an den Biertischen saßen. Opa Lila stand auf, hob sein Bierglas und rief: „Hört mal alle zu. Everybody listen, please. I've decided to take up a new hobby. **Parachuting**."
„No way!", rief Ronny. „I'm not going to let you shoot harmless little pandas."
„Not panda shooting, you **twit**", korrigierte ihn Sven sofort. „Parachuting means jumping out of a plane with a parachute on your back."
Papi hatte ganz andere Sorgen. „Isn't that a bit dangerous?"
„At my age", sagte Opa Lila, „it would be a complete **waste of time** taking up a safe hobby." Dann setzte er sich und ließ es sich schmecken.
Hella stupste Juliet an und meinte grinsend: „It seems that Tom is the only one in this family with a safe hobby."
„Safe?" Papi verdrehte die Augen. „I could tell you what happened when Tom fell asleep at the Villa Mirconi. That was the absolute opposite of safe."
Tom wedelte abwehrend mit den Händen. „No, not this story, Dad. It's awfully embarrassing."
„Oh, please, I'm dying to hear it", bat Juliet. „We all promise not to laugh, don't we?"

announcement Ankündigung
parachuting Fallschirmspringen
twit Trottel
waste of time Zeitverschwendung

Ernstes Nicken am ganzen Tisch. Marco grinste mich über den Tisch hinweg erwartungsvoll an. Ich lächelte zurück und merkte, wie sich ein Kribbeln in meinem Bauch ausbreitete.

„All right then", begann Papi. „Tom was seven at the time, Nike was six, and Sven was a toddler."

„And were was I?", fragte Ronny.

„You weren't born yet."

„That's not fair. I want to be in the story, too."

„**Mark my words**", sagte ich zu ihm, „when Dad's finished you'll be very glad you're not."

Papi fing an. „We were spending the summer in Italy. One of Carina's singer friends invited us to her house in Rome, the Villa Mirconi, a **magnificent** building which had a garden with a pool, statues, a fountain and a **maze**. The **interior** was all **marble**, **pine furniture**, **silk** carpets and expensive **china** and **crystal**. We told the kids they absolutely had to behave themselves. They were not to touch anything, run around or shout. Nike wasn't allowed to climb any of the statues or trees. We had made all that very clear on our way there. Carina and I must have been completely mad to think it would actually work. At first, Tom and Nike were playing quietly under a tree while we were having coffee in the garden. Suddenly Sven **got stung** by a bee and we all **raced** inside to put something on the **swelling**. I don't know how exactly they did it, but

mark my words denke an meine Worte
magnificent prächtig
maze Irrgarten
interior Innenräume
marble Marmor
pine Pinienholz
furniture Möbel
silk Seide
china Porzellan
crystal Kristall
to get stung gestochen werden
to race rennen
swelling Schwellung

covered bedeckt
mud Schlamm
in any case jedenfalls
to calm beruhigen
to squash quetschen
shriek Kreischen
footprints Fußabdrücke
master bedroom Elternschlafzimmer
to suck one's thumb am Daumen lutschen
sheets Bettlaken
four-poster bed Himmelbett
crumpled zerknittert
chain reaction Kettenreaktion

Nike and Tom got themselves **covered** in dirt in a matter of minutes."

Papi warf mir einen inquisitorischen Blick zu.

„As far as I can remember", sagte ich, „we got some water from the fountain and mixed it with earth to make delicious **mud** cakes."

Tom meinte: „We thought we were really well-behaved because we were not making any noise."

Papi seufzte ergeben. „**In any case**, we managed to **calm** Sven and went back outside. Nike was playing on her own, **squashing** mud between her fingers, and Mrs Mirconi gave a **shriek** when Nike started washing her hands in the swimming pool. We took her inside to wash herself in the bathroom, and that was when we saw the muddy **footprints** leading upstairs. We followed them right to the **master bedroom**. And there was Tom, sleeping on the bed and **sucking his thumb** like a baby."

Unterdrücktes Kichern war zu hören. Tom tat so, als wollte er sich unterm Tisch verkriechen.

„Mrs Mirconi yelled, because the perfect white satin **sheets** of her **four-poster bed** were now muddied and **crumpled**. And as if this weren't already enough, Nike jumped on the bed and used it as a trampoline."

„I was only trying to help get Tom out of the bed", murmelte ich.

„This started a **chain reaction**", erzählte Papi weiter.

„Tom **woke up with a start**, grabbed the clock from the **bedside table** and threw it at Nike."
„I'd dreamed that **alien** monsters were attacking me", erinnerte sich Tom achselzuckend. „I was defending myself, so to speak."
Papi fuhr fort: „Nike **ducked**, and the clock hit the huge mirror on the wall behind her. Then Nike unfortunately decided to **take revenge**, grabbed a vase, took out the flowers and **emptied** the water on Tom's head. The rest is **a blur**. I have a **vague memory** of Tom and Nike chasing each other all through the house, leaving behind a **trail** of dirt and **destruction**. Our **insurance company** almost went **bankrupt** paying for the **damage**. And you won't be surprised to hear that the Mirconis never invited us again."
Natürlich hatten inzwischen alle vergessen, dass sie versprochen hatten, nicht zu lachen und hielten sich glucksend die Bäuche. Juliet lachte am lautesten. „**Goodness**, you must have been far worse than my monster kids Jan and Susanne."
Ich sah Marco an. Er zwinkerte mir zu. „Du warst immer schon ein ziemlich verrücktes Huhn", sagte er. Bildete ich es mir nur ein, oder lag tatsächlich ein bewundernder Unterton in seiner Bemerkung?

to wake up with a start aus dem Schlaf aufschrecken
bedside table Nachttisch
alien außerirdisch
to duck sich ducken
to take revenge sich rächen
emptied entleerte
a blur verschwommen
vague vage
memory Erinnerung
trail Spur, Pfad
destruction Zerstörung
insurance company Versicherungsfirma
bankrupt bankrott
damage Schaden
Goodness! Du meine Güte!

Das FALSCHE Mädchen

Als alle Salatschüsseln leergefuttert waren und die Grillglut langsam verglimmte, schlug Opa Lila eine Polonaise rund ums Haus vor. Kurz drauf marschierte eine bunt gemischte Reihe aus Kindern und Erwachsenen grölend und damit die Mücken verscheuchend durch den Garten. Ich war nicht in der Stimmung, bei dem Quatsch mitzumachen, und hockte mich auf die Schaukel. Hier hatte ich wenigstens meine Ruhe. Da sah ich Marco auf mich zukommen. Er wartete, bis die Menschenschlange ums Haus gebogen war, dann malte er mit der Fußspitze einen Kreis in den Sandkasten und sagte: „Du, Nike, wegen dem Brief ... Ich meine, wie denkst du darüber? Ehrlich, jetzt."

Das kam so plötzlich, dass ich fast rückwärts von der Schaukel fiel. Ich stemmte die Füße in den Boden und hörte mich zu meinem Entsetzen sagen: „Ich habe mich total darüber geärgert. Den Brief hättest du dir echt sparen können."

Halt, Stopp! So nicht. Keine Vorwürfe, das macht alles nur schlimmer. Aber wenn ich erst einmal in Fahrt bin, finde ich die Bremse einfach nicht mehr. „Ich meine, du hättest es mir ja auch einfach sagen können", fuhr ich fort.

Marco zuckte die Schultern. „Ich hab mich halt nicht getraut."

„Feigling", zischte ich. „Überhaupt habe ich es

längst gewusst. So!“ Was tat ich da? Ich hörte mich total trotzig und unreif an. Doch je mehr ich mich ärgerte, desto lauter wurde ich. „Das sieht ja schließlich ein Blinder, dass du dich verknallt hast.“
„Und was ist jetzt mit uns?“, fragte Marco.
„Ja, was in aller Welt erwartest du denn von mir? Soll ich dir etwa gratulieren?“
„Ich meinte ja nur, ob wir Freunde bleiben können.“
„Wir waren nie Freunde. Wir kennen uns halt, weil Hella dich immer hierher geschleppt hat, ob es dir gepasst hat oder nicht. Das arme kleine Marcolein musste mit der bösen, frechen Nike spielen.“ Oje, hatte das verächtlich geklungen. Aber er hatte es ja selbst gesagt, oder zumindest so etwas in der Richtung, als ich ihn und Chris im Café belauscht hatte.
Marco starrte mich mit offenem Mund an. „He, schlimm genug, dass du mich dauernd angreifst, jetzt beschimpfst du mich auch noch.“
„Ich DICH angreifen?“, keifte ich. „Du bist es doch, der immer anfängt.“
„Ich dachte, du stehst drauf.“
Ich krampfte meine Finger um die Schaukelschnüre. „Ja, klar, du denkst, ich bin schlimmer als meine drei Brüder zusammen.“
Je lauter ich wurde, desto leiser wurde Marco. Abwehrend hob er die Hände. „Alles klar, kein Problem. Ich lass einfach in Zukunft meine Grabscher von dir.“
„Gute Idee. Ist schließlich dein Problem, wenn du dich in das falsche Mädchen verliebst.“
Die Polonaise-Gruppe war mit der Hausumrundung fertig und lärmte wieder heran. Marco biss sich auf die

Unterlippe, sah mich noch einen kurzen Augenblick an wie ein getretener Hund, dann drehte er sich um, legte Sven, der das Schlusslicht bildete, die Hände auf die Schultern und marschierte mit.

Dinner for FIVE

Ich floh auf mein Zimmer. Ich brauchte dringend Ablenkung, da kam mir die E-Mail von Cathy gerade recht.

From: cathy@thewinstons.co.uk
To: nike@dieklapdors.de
Re: Dinner for five

Hi Nike,
I had a great day. Jamie and I spent the lunch break together and I told him about you and he asked me to give you a cyberhug.
When I came home, Mum had a surprise for me. She might have her **shortcomings**, but she can be really **quick on the uptake**. When I asked her last night to invite the Jungbluths, she agreed immediately.
So Jamie and his parents came for dinner. I had decided not to care if Mum had one of her „moments". Guess what: she didn't. Instead, she embarrassed me in a completely different way. Oh, well, I suppose it's not really **that big a deal** …

shortcomings
Unzulänglichkeiten
to be quick on the uptake
schnell schalten
that big a deal
allzu große Sache

Mum apologized to Mrs Jungbluth for ruining her son's **performance**, and gave her a bottle of „Beauty in a Bottle" pills. Mind you, she needs them ;-)
Slowly, I managed **to steer** the conversation in the right direction. I told the Jungbluths about our famous ex-neighbours, the Klapdors. *g* It turned out that Mrs Jungbluth is an opera fan and had seen your mum on stage **zillions of times**. She was very impressed that I knew her in person.
Whenever my **shyness** kicked back in, Jamie gave me one of his smiles, which **boosted** my confidence.
I told the Jungbluths that Carina Klapdor had been the black sheep of the family and had refused to finish school because she wanted to pursue her career. Next I pointed out that none of Carina's four kids could play an instrument or was able to sing anything more complicated than „Happy Birthday to You". Jamie mentioned that he wanted to be a biologist, and while his parents were still trying to **work out** what to make of it all, he **asked me out** for tomorrow! We're going to the zoo :-)
Unfortunately, Mum just couldn't help herself. She felt she had to **support** me by saying: „Some talents just don't run in the family. Take us, for example. I've always had fun with words. Cathy's happy if she doesn't have to use any. She's all body language and **facial expressions**."
„How about Cathy's father?" Mr Jungbluth asked.

performance Vortrag; Aufführung
to steer steuern
zillions of times zigmal
shyness Schüchternheit
to boost heben
to work out herausfinden
to ask sb out jdn um ein Date bitten
to support unterstützen
facial expressions Gesichtsausdrücke

„Didn't she **inherit** any talents from him?"
Mum, don't!, I prayed silently.
„Believe me", Mum said, „the last thing I'd want is for my daughter to turn out like her father." I was kicking her really hard in the **shins** to try and **shut her up** but she ignored me and went on to tell them the awful truth: „He's a go-go dancer."
Talk to you later – Cathy

What's STOPPING you?

Wollte Cathy mich verarschen oder war ihr Vater wirklich Go-go-Tänzer? Unfassbar. Ich loggte mich schnell in den Chat ein. Cathy wartete schon. Sie grinste bis an beide Ohren.

Nike: **You're kidding!**
Cathy: Dad is **all the rage** on the London disco scene. Can you think of anything more embarrassing?
Nike: Yes, easily. The evening I just had. We had a big barbecue and I made a total exhibition of myself. I ruined my love life for good. Instead of being friendly and giving Marco the impression that he'd be much better off with me than with Gina, I **accused**

to inherit erben
shins Schienbeine
to shut sb up jdm den Mund stopfen
You're kidding! Das ist doch nicht dein Ernst!
all the rage der letzte Schrei
to accuse beschuldigen

him of all sorts of nonsense. But then – why didn't he defend himself? Why did he just have to stand there **meekly** and listen to my silly **rant**? Why didn't he push me off the swing? What happened to all the punching and kicking that was the basis of our friendship?

Cathy: Nike, you're impossible.

Nike: I know. There's nothing left of our friendship now. It's all gone up in smoke – I've **offended** Marco in the worst possible way. And the sad puppy look he gave me! It kills me just to think of it. He must have felt so hurt.

Cathy: You sound as if you're still very much in love with him.

Nike: Yes. But who needs a love life, anyway? What a waste of time and energy. It's all so complicated and difficult to work out, even if you have all those lists and tests **to fall back on**.

Cathy: What lists?

Nike: Gina keeps **dishing them out**. I'm obviously **not cut out** for love. What were my parents thinking when they named me after the goddess of victory? They ought to have named me after the goddess of **idiocy**, if there is one. I'm good for nothing. I can't even stop loving Marco, no matter how much I hate him for letting me **insult** him without fighting back. Am I making any sense?

Cathy: Not much.

Nike: If only I could **go back to square one** and start all over again and do it all **by the book** this time.

meekly demütig
rant Tirade
offended beleidigt
to fall back on auf die man zurückgreifen kann
to dish out austeilen
not cut out nicht geschaffen
idiocy hochgradiger Schwachsinn
to insult beleidigen
to go back to square one auf Start zurückgehen

by the book nach den Vorschriften
misunderstanding Missverständnis
Sleep on it. Schlaf drüber.
off-key falsch

Cathy: What's stopping you? If you ask me, this all sounds like one big **misunderstanding**. I've become quite an expert in the field.

Nike: What's there to misunderstand?

Cathy: I don't know. **Sleep on it**.

Nike: Sleep? You ought to hear the noise from the garden party. They're howling like hooligans, and my dad's the loudest. And totally **off-key** of course.

Cathy: Which only goes to show that your mum is indeed the only musical member of your family.

Die Party hätte sicher noch bis in die frühen Morgenstunden gedauert, wenn es nicht zu gewittern angefangen hätte. Eine Weile wurde noch im Wohnzimmer weitergefeiert, dann kehrte endlich Ruhe ein.

Aber meine Gedanken und Gefühle kamen immer noch nicht zur Ruhe. Man hätte mich narkotisieren, mir mit einem Hammer auf den Kopf hauen und mich mit Chloroform benebeln können, ich hätte trotzdem wachgelegen.

SAMSTAG

SCHAPIEGEL *eijeijei*

Um vier Uhr morgens gewitterte es immer noch. Ich ging in die Küche, um mir ein Glas Milch zu holen. Auf dem Rückweg, gerade als ich am Windfang vorbeikam, blitzte es. In meinem Kopf blitze es irgendwie auch. Und da ging mir ein Licht auf.

Vorgestern hatte ich hier den Brief liegen sehen, den Marco mir geschrieben hatte. Ich hatte ihn für einen weiteren Liebesbrief von Annika an Chris gehalten. Warum? Weil ein großes rotes Herz draufgemalt war. Ich sah den Umschlag jetzt genau vor meinem geistigen Auge, wie er auf dem Frühstückstisch auf meinem Teller gelegen hatte, und später als Jan seine Puzzleteile darin verstaut hatte: ein Herz und darin stand Nike und ein Ausrufezeichen.

Es war ein Liebesbrief gewesen. Verdammt.

Ich stürmte in mein Zimmer und verschüttete dabei wie durch ein Wunder nur die Hälfte der Milch. Ich fand den Brief in der Tasche meiner Jeans und las ihn mir noch mal gründlich durch, diesmal im Bewusstsein, dass er ein Liebesbrief war. Und da las er sich plötzlich ganz anders.

Hi Nike,
ich weiß nicht, ob es eine gute Idee ist, dir das zu sagen – aber ich denke, ich muss es einfach tun.
Also: Hella hat Recht, ich hab mich verliebt.
So, jetzt ist es raus. Ich hoffe, wir können trotzdem Freunde bleiben.
Marco

Marco hatte sich nicht in ein anderes Mädchen verliebt, sondern in mich. Aber warum schrieb er das dann nicht, der Trottel? Und warum hoffte er, wir könnten Freunde bleiben? Sollte er nicht lieber hoffen, wir würden mehr werden als Freunde? Womöglich war er der Überzeugung gewesen, dass ich seine Gefühle nicht erwiderte, aber er wollte meine Freundschaft nicht verlieren. Er himmelte mich an und ich sollte es wissen, nur für den Fall, dass ich doch interessiert war. So sah es aus. Und ich oberdoofe, superdämliche, megabescheuerte Kuh hatte es nicht geschnallt.
Cathy hatte also Recht: Es war alles ein großes Missverständnis.
Aber was war mit Gina? Mit der hatte er doch Händchen gehalten. Nun, vielleicht aus dem gleichen Grund, aus dem Annika sich an Tom herangemacht hatte: um mich eifersüchtig zu machen. Na, das war ihm gründlich gelungen. Oder er hatte ihr einfach nicht widerstehen können. So ging es schließlich fast allen Jungs.
Die Unterhaltung an der Schaukel war so ziemlich meine letzte Chance gewesen, ihn zurückzuerobern. Marco hatte wissen wollen, was ich über den Brief dachte. An-

ders ausgedrückt: Er wollte wissen, was ich für ihn empfinde. Und ich hatte geglaubt, er wollte wissen, ob wir Freunde bleiben könnten, auch wenn er mit Gina ging, weil ich dachte, dass er dachte, ich wäre in ihn verknallt. Was für ein Durcheinander.

Danach hatte ein Missverständnis zum nächsten geführt, weil ich so in Fahrt war, dass ich nicht aufhören konnte, patzig zu Marco zu sein. Und dann dieser oberdämliche Satz: „Ist schließlich dein Problem, wenn du dich in das falsche Mädchen verliebst."

Blöd, blöd, blöd. Ich hatte Gina gemeint, aber er hatte es natürlich anders verstanden. Es hatte geklungen, als wäre ich das falsche Mädchen für ihn, weil ich mir nichts aus ihm machte.

Am liebsten hätte ich ihn sofort angerufen, um das Missverständnis aufzuklären, doch so übermüdet wie ich war, hätte ich garantiert noch mehr Unfug geredet.

Ich trank die Milch aus, legte mich ins Bett, drückte das Eisbärchen, das Marco mir geschenkt hatte, innig an mich und schlief aus schierer Verzweiflung doch noch ein.

Es war fast Mittag, als ich aufwachte. Ich putzte mir die Zähne und starrte dabei wütend mein Spiegelbild an. Mit gerunzelter Stirn und einer schäumenden Zahnbürste zwischen den gefletschten Zähnen sah ich echt zum Fürchten aus.

Im Wintergarten kam mir Opa Lila mit einer Pfanne in der Hand entgegen. Er trug schon wieder die Schürze mit der nackten Frau drauf. Oder immer noch. Opa Lila war durchaus zuzutrauen, dass er in dem Teil geschlafen hatte.

„Schapiegeleijeijei", jubilierte er und schüttete reichlich davon auf meinen Teller. Dem knallenden Geräusch nach zu urteilen, hatte er das Ei bis zur Versteinerung gebraten. „Der Toast kommt auch gleich."
Aus der Küche roch er verbrannt und so sah der Toast dann auch aus.
„Warum macht Chris nicht das Frühstück?" Dann wäre es wenigstens genießbar, fügte ich in Gedanken hinzu.
„Den habe ich zum Bügeln verdonnert, damit Rüdiger am Montag wieder Hemden fürs Büro hat." Opa schenkte schwungvoll Tee in meine Tasse, wobei das meiste in der Untertasse landete. „Ups. Hihi."
Ich kratzte mit dem Messer die verkohlte Schicht vom Toast. „Sag mal, hast du gestern zu viel Weißbier getankt?"
„Nein, ich bin nur ein wenig liebestrunken."
„Sag bloß es hat gefunkt zwischen dir und Tante Hella?"
„Nicht nur gefunkt. Es hat geknattert, gezischt und geraucht."
So genau hatte ich es auch nicht wissen wollen.
„Komisch, dass du von allen am längsten geschlafen hast, wo du doch als Erste gegangen bist", meinte Opa Lila. „Sogar Tom hat schon gefrühstückt und sich auf den Weg zu seiner Annika gemacht. Ganz süß, die beiden. Es war überhaupt eine sehr romantische Party. Du hast echt was verpasst."

to iron bügeln

Ich starrte auf die glasigen Spiegeleier und kämpfte mit den Tränen.
Chris kam rein, ein hellblaues Hemd mit spitzen Fingern vor sich hertragend. „Does this look **ironed** or not?" Er hatte es nicht gebügelt, sondern total zerplättet.

My room is YOUR ROOM

Bevor Opa Lila etwas sagen konnte, klingelte es und er ging öffnen. Kurz darauf kam er mit einem Häufchen Elend im Schlepptau zurück.
„Oh no“, rief ich, als ich Juliets verheultes Gesicht sah. „Did the kids **torture** you again?“
Sie sank auf den Stuhl neben mich. Chris war gleich zur Stelle und reichte ihr eine Ecke des frisch misshandelten Hemds, damit sie sich schnäuzen konnte, was sie auch geräuschvoll tat.
„I'll never have kids of my own. **They're such a handful**.“
„But your own kids are different“, sagte Chris. „You love them and they love you back, that makes it all a lot easier.“
„Right“, stimmte ich zu. „How do Jan and Susanne behave when their parents are around?“
Juliet sah mich aus verschwollenen Augen an. „They're little angels. Oh, I see **what you're getting at**. But that's no help to me right now. I've been **fired**. They're sending me back to London.“ Wieder wurde sie von Schluchzern geschüttelt.
„What's the problem?“, fragte ich. „You didn't want to be an au pair **in the first place**.“
„That's true. But now Chris has come

to torture foltern
They're such a handful. Sie machen einem ganz schön zu schaffen.
what you're getting at worauf du hinaus willst
fired gefeuert
in the first place überhaupt; ursprünglich

here just to be near me. If I go back to London, we'll be **separated** again."
Chris zog Juliet an sich und seufzte. „What a mess."
„Come on, Juliet, don't cry. I know what to do." Ich war wieder in Topform – Nike, die Siegesgöttin, der kein Problem zu schwer ist.
Zwei hoffnungsvolle Augenpaare sahen mich an.
„I suggest you **move in** with us."
„But my bed is too small for two", gab Chris zu bedenken.
„No problem. There's **plenty** of room in my bedroom. I'd love you to **share** with me, Juliet."
„Do you think your dad will agree?"

separated getrennt
to move in einziehen
plenty reichlich
to share teilen
settled geregelt

„What am I supposed to agree to?", fragte Papi, der beladen mit Müllsäcken voller Partyabfällen aus dem Garten kam.
Ich strahlte ihn an. „I told Juliet she can move in with me. So now we've got two au pairs for the price of one." Besser hätte es selbst Cathy's Mum nicht formulieren können. Als schlagendes Argument hielt ich Papi das verschnäuzte Hemd hin. „And she can help Chris with the laundry."
Er kratzte sich am Kopf. „Well, er, sounds good."
„That's **settled** then", stellte ich fest. „And you know, when school starts again you can both go back to London if you want to. But of course you're also welcome to stay for as long as you want. What do you reckon?"
Juliet sagte gar nichts. Sie warf sich einfach auf mich und knutschte mich so innig ab, wie ich es mir von Marco gewünscht hätte. „You just saved my life."

„You're welcome. But if you'd please excuse me now, I have another life to save. My own."
Mit frisch erwachter Entschlossenheit, aber auch mit reichlich viel Herzklopfen machte ich mich auf den Weg zu Marco.

If all else FAILS ...

Das nächtliche Gewitter hatte die Luft um gut 10 Grad abgekühlt. Der Tag roch frisch und würzig. Ich atmete tief durch und stapfte entschlossen durch die Straßen. Doch als ich mich dem Café Carluccio näherte, über dem Marcos Familie wohnte, wurden meine Knie immer weicher, bis sie nur noch aus Wackelpudding bestanden. Ich erinnerte mich an den Test: „How do I know if I'm seriously in love with a boy?" Erste Stufe: „I go weak at the knees." Zweite Stufe: „My knees feel like jelly." Wenn das so weiterging, würde ich bald die dritte Stufe erreichen: „I want to fall on my knees and kiss his feet." Ne, also das ging dann doch zu weit. Wenn hier schon einer jemandem die Füße küssen sollte, dann er bitte mir. Sofort fühlte ich mich wieder etwas sicherer auf den Beinen. Trotzdem zitterte meine Hand, als ich klingelte. Marcos Mutter meldete sich durch die Sprechanlage und ließ mich rein.
„Marco kriegt heute ja reichlich Damenbesuch", meinte sie, als ich oben am Treppenabsatz angekommen war.
„Ist Gina da?", fragte ich.

„Ja, so heißt sie glaube ich. Ich kannte sie noch gar nicht."
Die Mutter verschwand in der Küche, aus der es lecker nach knusprig gebratenen Zwiebeln roch. Die zwei Bissen verkohlter Toast, aus denen mein Frühstück bestanden hatte, hatten mich nicht wirklich satt gemacht.
An Marcos Tür blieb ich stehen und lauschte erst mal, ob ich verdächtige Geräusche hörte: Schmatzen, Seufzen oder Schlabbern, eben alles, was sich auch nur im Entferntesten nach Herumknutschen anhörte.
Doch ich hörte etwas ganz Anderes: Marcos verärgerte Stimme. „Das ist ja total bescheuert. Auf so eine Idee können auch nur Mädchen kommen."
Dann Gina: „Das ist der neueste Trend. Nike hat auch schon mal einen Jungen für Annika getestet, und jetzt habe ich halt dich für sie getestet."
„Ich komme mir total verarscht vor, wenn du's genau wissen willst."
Mein Herz klopfte bis zum Hals. Ich hatte genug gehört. Ohne anzuklopfen stürmte ich das Zimmer und ging sofort auf Gina los. „Sag mal, bist du noch zu retten!"
„He!" Sie hob abwehrend die Hände. „Ich hab's ja nur gut gemeint. Und falls es dich tröstet, Marco bekommt von mir eine glatte 1. Schade, dass ich nicht in ihn verknallt bin."
Marco und ich starrten sie beide so wütend an, dass sie den Rückzug antrat. Nachdem die Wohnungstür ins Schloss gefallen war, wandte ich mich Marco zu. Wir standen uns gegenüber wie zwei kampfbereite Ringer.
„Das ist ja wohl die Härte, dass du mich von Gina testen lässt", dröhnte er.

„Ich habe sie dazu nicht angestiftet. Für wie gestört hältst du mich denn? Ich dachte, du gehst mit ihr. Deswegen war ich so sauer und hab gestern so viel Schwachsinn geredet."
„Jetzt kapier ich überhaupt nix mehr. Wieso sollte ich dir einen Liebesbrief schreiben und dann mit Gina gehen?"
Eigentlich hatte ich mich ja bei Marco entschuldigen wollen, aber jetzt war ich wieder so in Fahrt, dass ich ihn anschnauzte: „Wenn du das nächste Mal einen Brief schreibst, dann formulier ihn wenigstens so, dass man versteht, was du meinst."
„Was kann ich denn dafür, wenn du zu blöd bist, einen Brief zu lesen?"
Ich holte aus und wollte ihm eine knallen, aber Marco fing meine Hand ab. „Die Zeiten, wo du so mit mir umspringen konntest, sind vorbei."
„Und was ist mit meinem Freischlag, den ich mir für später aufgehoben hatte?"
Marco grinste unvermittelt. „Ach ja, du hast ja noch was bei mir gut wegen dem Referat. Nur zu."
Jetzt wo er mich ansah wie ein treues Hündchen, verflog meine ganze Wut in Nullkommanix. „Ich glaub, ich heb mir das für unseren nächsten Krach auf."
„Was, du willst dich noch öfter mit mir streiten?"
„Nur mal so, zwischendurch, zur Abwechslung. Aber eigentlich will ich lieber was ganz Anderes." Ich wartete darauf, dass er schnallte, dass jetzt ein prima Moment wäre, um mich zu küssen, aber er sah mich nur nachdenklich an.
Wieder einmal kramte ich in Gedanken eine Liste raus. „If all else fails", hieß es bei den Tipps, wie man Jungs her-

umkriegt, „try shock tactics: kiss him without warning.“ Na gut, er hatte es nicht besser verdient. Ich raffte all meinen Mut zusammen und machte mich daran, ihm um den Hals zu fallen und ihn hemmungslos abzuküssen, bis ihm Hören und Sehen verging. Marco schien den gleichen Gedanken gehabt zu haben, denn plötzlich gingen wir wie auf Kommando aufeinander los. Aus unserem ersten Kuss wurde ein ziemliches Kuddelmuddel. Als wir uns wieder zurechtsortiert hatten, nahm Marco ganz sacht meine Hände und küsste mich auf die Nasenspitze. „Ich mag wirklich alles an dir“, sagte er. „Sogar deine rote Nase und dein verrücktes Benehmen. Aber an deiner Kusstechnik müssen wir noch ein bisschen arbeiten. Das hat Gina echt besser drauf.“ Er sah mich dabei herausfordernd an. Klar, er wollte sehen, ob ich wieder wütend wurde. Doch ich hatte mich jetzt total im Griff.

„Kein Problem“, sagte ich gelassen. „Sie gibt mir bestimmt ein paar Tipps.“

Love is in the air . . .

Weitere spannende Love-Stories für Englisch-Freaks

Love Takes a Detour –
Liebe auf Umwegen
Girls in Love
Von Christine Spindler

King of Hearts –
König der Herzen
Girls in Love
Von Carole Eilertson,
Dagmar Puchalla

Love at Second Sight –
Liebe auf den zweiten Blick
Girls in Love
Von Herbert Friedmann

Knights, Kisses and
Lovers' Oaths –
Ritter, Küsse, Liebesschwüre
Girls in Love
Von Momo Evers

L Langenscheidt
...weil Sprachen verbinden

Infos & mehr
www.langenscheidt.de